BASTEI
LÜBBE

Aus der Taschenbuchreihe JOHN SINCLAIR von Jason Dark sind nachstehende Romane erhältlich. Fragen Sie im Buch- oder Zeitschriftenhandel nach diesen Titeln:

---

73 025 Die Leichenstadt
73 026 Kalis Schlangengrube
73 027 Dämonenfalle Rom
73 028 Das Teufelskind
73 029 Geheimbund der Vampire
73 030 Das Orakel von Atlantis
73 031 Liebe, die der Teufel schenkt
73 032 Ein Leben unter Toten
73 033 Das Hexenrätsel
73 034 Blutiger Halloween
73 035 Die magische Bombe
73 036 Anubis – Wächter im Totenreich
73 037 Voodoo in London
73 038 Vampir-Expreß
73 039 Horror-Hochzeit
73 040 Zombies auf dem Roten Platz
73 041 Die Grabräuber
73 042 Das Hexenschiff
73 043 Julias kleine Sargmusik
73 044 Hände, die der Satan schuf
73 045 Der Druiden-Schatz
73 046 Die Kreuzweg-Legende
73 047 Mein Blut für den Teufel
73 048 Wen das Grab ruft
73 049 Der Flammenengel
73 050 Todesglocken für John Sinclair
73 051 Totenkopf-TV
73 052 Tödlicher Vatertag
73 053 Das Duell der Hexen
73 054 Aibon – Land der Druiden
73 055 Drei Gräber bis Atlantis
73 056 Arkonadas Totenbuch
73 057 Das andere Ufer der Nacht
73 058 Mirandas Monsterwelt
73 059 Horror-Horoskop
73 060 Geister-Dämmerung
73 061 Ihr Freund, der Ghoul
73 062 Das Erbe der Templer
73 063 Terror der Tongs
73 064 Zombie-Ballade
73 065 Die Vampir-Polizei
73 066 Harrys Höllen-Cocktail
73 067 Der Jet-set-Dämon
73 068 Broadway-Grusical
73 069 Carinas Todesparties
73 070 Der Friedhofswächter
73 071 Das U-Boot-Phantom
73 072 Deadwood – Stadt der Särge
73 073 Mörderische Weihnachten
73 074 Tödliche Märchen
73 075 Verliebt, verlobt und eingesargt
73 076 Geisterstunde in Los Angeles
73 077 Der Doge, sein Henker und ich
73 078 Knochen-Poker
73 079 Wenn Werwolf-Pranken streicheln
73 080 Todesküsse
73 081 Die Mordaugen von Brüssel
73 082 Grauen im Pentagon
73 083 Das Blut der Medusa
73 084 Ein Hauch von Moder
73 085 Lady Ghoul
73 086 Der Zauberer von Stonehenge
73 087 Horror-Helikopter
73 088 Mein Flirt mit der Blutfrau
73 089 Das Voodoo-Syndikat
73 090 Der Angstmacher
73 091 Der rollende Galgen

Jason Dark

Blutmond der Templer

John Sinclair Roman

BASTEI LÜBBE

BASTEI-LÜBBE-TASCHENBUCH
John Sinclair
Band 73 092

Erste Auflage: Dezember 1988

Titelillustration: Vicente Ballestar, Norma Agency, Barcelona
Umschlaggestaltung: Quadro Grafik, Bensberg
Satz: Fotosatz Steckstor, Bensberg
Druck und Verarbeitung:
Clausen & Bosse, Leck
Printed in Germany
ISBN 3-404-73092-5

Das Grauen war nah, wir wußten es, aber wir sahen es nicht!

Was wir erblickten, war die schier unendliche Weite des Meeres mit den beschwerlich dahinrollenden Wellen, die in der Flaute manchmal wie zackige, kammartige, grünschwarze Glasscherben wirkten.

Ich war an Deck gegangen. Im Bauch des Schiffes hielt ich es vor Hitze nicht aus. Auch mein Freund und Kollege Suko stand an der Reling und starrte ins Meer.

Ein Mann von der Besatzung saß am Bug und spielte auf einer Mundharmonika eine schwermütige Melodie. Über uns stand der Himmel wie ein Gemälde aus grauen, mit verschiedenen Nuancen durchzogenen Farben. Es war eine Nacht, wie man sie nur selten bekam. Uns schien das gesamte Mittelmeer zu gehören.

Und dennoch waren wir nicht zum Vergnügen unterwegs. Diese Reise konnte auch tödlich enden . . .

Suko drehte sich nicht um, als er mich ansprach. Er hatte mich an Klang der Schritte erkannt.

Neben ihm lehnte ich mich an die Reling. »Spürst du es auch?« fragte ich leise.

»Sicher.«

»Und was?«

»John, das kann ich dir nicht sagen. Vielleicht komme ich mir vor wie jemand, den man in einen Topf mit Wasser gesetzt hat. Wobei sich das Wasser allmählich erwärmt, aber noch nicht kocht.«

»Gut gesprochen.« Ich starrte auf das Meer. Gläsern

kamen mir die Ränder der langen Dünungswellen vor. Sie schoben sich heran wie fragile Kunstwerke, um irgendwo zu zerbrechen, sei es nun an den Klippen oder am Rumpf unseres Schiffes.

Wir wollten die Nacht auf dem Meer verbringen und erst am nächsten Morgen in La Valletta, Maltas Hauptstadt, einlaufen. Auf dem Schiff befanden sich nur Vertraute, Männer, die verläßlich waren, die sich auch nicht fürchten durften und trotzdem überlegt und nicht tollkühn vorgingen.

Wo endete der Himmel, wo das Meer? Ich sah es nicht. Die Grenzen waren fließend geworden. Die Luft schmeckte nach Salz und nach fremden Gewürzen. Der Vollmond wachte über uns wie ein gewaltiges Auge, in dem Schatten zu sehen waren.

In unserem Kalkül spielte er eine besondere Rolle. Er war nicht nur unser Begleiter in der Nacht, auch ein Hinweis für uns. Wenn er sein Zeichen gab, wußten wir, daß wir richtig waren.

Ich trug nur ein dünnes Hemd und eine weiße Leinenhose. Ein warmer Südwind brachte keine Kühle. Die Luft wirkte irgendwie gläsern, wie ein dünnes Spinnennetz.

Jemand kam. Er löste sich aus den Schatten der Aufbauten und ging mit leisen Schritten. Es war einer der Templer, die zu Abbé Bloch gehörten, der unter Deck wartete.

Der Mann war dunkel gekleidet, er trug eine Art Uniform und legte sie auch in der Wärme nicht ab. Er grüßte uns und ging vorbei.

Suko hob die Schultern. »Ich weiß nicht, John, wie du darüber denkst, aber ich habe das Gefühl, als würden die Männer nicht zu uns gehören. Sie sind schon ein Club für sich.«

»Das stimmt.«

Abbé Bloch und seine Templer hatten das Schiff gechartert. Wir alle wollten den Beweis haben, über den bisher nur Abbé Bloch etwas gewußt hatte.

Im tiefen Schlaf, als die Seele des Blinden sich aus den engen Fesseln hatte lösen können, da hatte er den Traum intensiv und grausam erlebt. Eine Präkognition war über ihn gekommen. Er hatte den Blutmond der Templer über Malta leuchten sehen und genau gewußt, was dies bedeutete. Altes, längst vergessenes Grauen würde an die Oberfläche dringen, denn es gab auf der Insel viele Geheimnisse.

Niemand wußte, welches Volk damals vor rund 7000 Jahren die Insel zuerst besiedelt hatte. Noch weit vor den Phöniziern und Puniern. Das Volk war ausgestorben. Woran, ob durch Kriege oder eine schreckliche Seuche, das wußte niemand.

Meine Gedanken hatten sich zwangsläufig damit beschäftigen müssen, und mir war auch die Idee des alten Kontinents Atlantis gekommen. Möglicherweise hatten Atlanter Malta besiedelt gehabt. Genaue Hinweise hofften wir zu bekommen, wenn der Blutmond über Malta stand und das Grauen brachte.

Bloch war fest davon überzeugt, daß er den Blutmond sehen würde und dann die entsprechenden Hinweise bekam.

Noch leuchtete er in seinem fahlen Gelb, war nicht rot angehaucht und schaute auf uns nieder, wobei er die Oberfläche des Meeres mit seinem silberfahlen Schein übergoß.

»Am liebsten würde ich an Deck schlafen.«

»Kannst du doch.«

Ich hob die Schultern. »Mal sehen. Sollte bis Mitternacht nichts passiert sein, lege ich mich wirklich hin.

Jetzt möchte ich erst den Blutmond sehen.«

Nicht ganz eine Stunde war es bis zur Tageswende. Abbé Bloch hatte davon gesprochen, daß die Strahlen des Blutmonds die Vergangenheit lebendig machen konnten.

Wir würden sehen ...

Ich holte mir eine Dose Mineralwasser aus der Kühlbox an Deck. Suko hatte ich ebenfalls eine mitgebracht. Wir rissen die Laschen auf und tranken.

Unser Schiff wiegte sich auf der langen Dünung. Es war ein sanftes Schaukeln, das manche Menschen nicht vertragen können, mir jedoch macht es nichts aus.

Das Wasser zischte, als es in meine Kehle rann. Nach drei Schlucken war die Dose leer.

Ich warf sie in einen Abfallkorb und ging wieder zu Suko zurück. Er hatte sich gedreht und stand jetzt so, daß er den Mond direkt anschauen konnte.

»Hast du was entdeckt?«

»Ich weiß nicht, John. Schau ihn dir an.« Suko verzog das Gesicht und streckte den Arm aus. »Hat er sich nicht verändert?«

»Wie meinst du das?«

»Kann ich dir auch nicht sagen. Ich habe einfach das Gefühl, als wäre seine Strahlung eine andere geworden. Eine Botschaft, die ...«

»Du hast recht!« flüsterte ich. »Du hast verdammt noch mal recht. Da, sieh hin!«

Wir beide sahen das Phämomen. Der Mond, sonst gelb wie eine Zitrone, bekam einen Schatten, der sich von einer Seite her vor sein Gesicht schob. Es war ein langer Schatten, der zudem eine gewisse Farbe angenommen hatte. Nicht grau, sondern rötlich, als hätte jemand Farbe über ihn gepinselt. Wir waren hier, um auf den Blutmond der Templer zu warten. Es schien sich gelohnt zu haben. Leuchtend rot schien der Mond, fast blutrot.

Blutmond der Templer – der Abbé hatte nicht übertrieben.

Es war schaurig, wie er in seiner ungewöhnlichen Farbe am Himmel stand und auf uns niederglotzte. Sprachlos hatten wir seine Veränderung miterleben müssen, ohne dafür eine Erklärung zu finden.

Die Farbe nahm an Intensität noch weiter zu. Sie leuchtete jetzt so kräftig, daß sich ihr Licht in den Wellen widerspiegelte.

»Das ist er«, sagte Suko leise. »Davor hat sich unser Freund Bloch gefürchtet.«

»Und jetzt?«

»Frag nicht so dumm, John. Eigentlich müßte etwas passieren. Wir sind gekommen, um den Blutmond der Templer zu erleben. Jetzt siehst du ihn, sei froh.«

Ich hörte Schritte und drehte mich. Einer der mitgereisten Templer trat auf uns zu. »Bitte, wenn Sie die Freundlichkeit hätten, mich zum Abbé zu begleiten ...«

»Okay, weshalb so gedrechselt? Wir kommen.«

»Danke.«

Ich deutete hoch zum Mond. »Hat der Abbé ihn auch gesehen?«

»Ja, er bat mich um Beeilung.«

»Ist gut.«

Wir schritten einen Niedergang hinab, um unter Deck zu kommen. Das gecharterte Schiff war ziemlich geräumig. Platz für zwanzig Leute plus Besatzung war schon vorhanden.

Auf dem Weg in die unteren Räume dachte ich darüber nach, ob sich seit dem Erscheinen des roten Mondes etwas verändert hatte. Nicht sichtbar, auch nicht fühlbar. Noch immer hatte ich den Eindruck, von unsichtbaren Dingen umgeben zu sein, die mich an einer freien Entfaltung hinderten und mich immer stärker umklammerten.

Einen letzten Blick warf ich zurück, bevor ich den Niedergang betrat. Das rote, runde Auge glotzte noch immer vom Himmel. Es strahlte ab, gab der langen Dünung einen rötlichen Schimmer, als hätte jemand dünnes Blut über die Wogen gepinselt.

Weder Suko noch ich wußten, um welches Phänomen es sich bei diesem veränderten Mond handelte. Der Abbé hatte ihn als den Blutmond bezeichnet, als ein schlimmes Zeichen, so schlimm, daß er seinen Platz in Südfrankreich verlassen und sich auf das Meer begeben hatte. Seinen Ausführungen nach warfen apokalyptische Ereignisse ihre Schatten voraus, die wir mit allen Kräften stoppen mußten.

In meinem Hinterkopf hatte sich ein Gedanke festgesetzt. Im Augenblick nur eine Theorie, die meiner Ansicht nach durchaus einen praktischen Wert bekommen konnte.

Malta – die Templer – Atlantis!

So lautete das Dreieck, das ich mir aufgebaut hatte. Wobei ich Atlantis nicht vergaß, denn ich dachte an die geheimnisvollen Urbewohner der Insel, deren Existenz im Dunkel der Zeiten verschwunden war.

Ungefähr 5000 Jahre vor unserer Zeitrechnung hatte dieses geheimnisvolle Volk Malta besiedelt. Das war durch wissenschaftliche Erkenntnisse belegt. Nur wußte niemand, wer die gewaltigen Tempel errichtet hatte und ohne die Töpferscheibe zu kennen und Werkzeug zu besitzen eine Keramik und Wandmalereien geschaffen hatte, die jede andere zum gleichen Zeitpunkt entstandene übertraf.

Dieses Volk hatte seine gewaltige Leistung in den

Dienst des Göttlichen und der Toten gestellt, seinem eigenen irdischen Dasein jedoch kaum Bedeutung beigemessen, denn bis heute fand sich auf der gesamten Insel keine Spur eines normalen Lebens, kein Rest einer Stadtmauer, eines Königspalastes oder einer Siedlung. Nicht einmal der Grundriß eines Wohnhauses war entdeckt worden.

Allerdings war Malta in der Zeit des mittleren Neolithikums noch bewaldet. Erst die Phönizier und Punier hatten die Insel in kahle Steinwüsten verwandelt, da sie das Holz zum Bau ihrer Schiffe benötigten. So hätte es durchaus sein können, daß die Urbewohner in den Wäldern in Hütten aus Holz oder Zelten aus Häuten sowie in Höhlen gelebt haben konnten.

Wann diese hohe Kultur entstand, ist ebensowenig gesichert wie die Frage, warum sie so plötzlich unterging. Jedenfalls umfaßte sie einen Zeitraum von 800 bis 1000 Jahren, wie Radiocarbontests bewiesen hatten.

Die atlantische Katastrophe lag bei der Besiedlung der Insel rund 5000 Jahre zurück. Nicht alle Bewohner waren beim Untergang der Insel ums Leben gekommen. Viele hatten sich retten können und sich mit anderen Völkern vermischt. So konnte es durchaus sein, daß von der Insel stammende Menschen auf Malta eine neue Heimat gefunden hatten.

Davon ging Abbé Bloch aus. Und er dachte noch einen Schritt weiter. Die Templer hatten im elften Jahrhundert die Insel ebenfalls besetzt und sehr genau kontrolliert und durchsucht. Möglicherweise hatten sie exakte Spuren des ausgestorbenen Volkes gefunden und durch eine gewisse Magie eine Verbindung geschaffen.

Die Vorzeichen waren also interessant. Jetzt kam es allein auf die neue Entwicklung an.

Ein erstes Zeichen war gegeben worden. Das Erscheinen des gewaltigen Blutmondes. Wie es weiterging, würden wir noch erfahren.

Im Bauch des Schiffes herrschte eine stickige Luft. Es gab zwar eine Klimaanlage, die arbeitete jedoch nur mit halber Kraft.

Wir gingen durch den niedrigen Gang. Ich zog den Kopf etwas ein, um nicht an der Decke entlangzustreifen. Irgendwo summten Aggregate. Das Geräusch hörte sich irgendwie beruhigend an.

Suko und ich teilten uns eine Kabine. Die größte war für den Abbé reserviert, durch dessen Initiative wir uns auf diesem Schiff befanden.

Vor seiner Kabinentür blieben wir stehen.

Ich klopfte zweimal und hörte das energisch klingende ›Herein‹.

Der Abbé war allein. Er saß vor einem festgeschraubten Tisch und schien uns anzusehen. Doch er war blind, seit einem Unfall. Eine Silbermaske war geschmolzen und hatte ihm die Sehkraft genommen.

Dennoch war der Abbé, der Führer der Templer, nicht außer Gefecht gesetzt. Sein ungeheurer Wille war angestachelt worden, und er hatte es geschafft, den Kampf gegen die Mächte der Finsternis und besonders gegen die abtrünnigen Templer, die Baphometh-Diener, aufzunehmen.

Auch mit Hilfe des Würfels, den ich ihm übergeben hatte. Die Sinne des Blinden waren durch den Besitz des Würfels noch mehr gestärkt worden, so daß es ihm nun gelang, hinter die Kulissen zu schauen und das aufzunehmen, was dem normalen Menschen verborgen war.

Suko, der hinter mir die Kabine betreten hatte, schloß die Tür. Ein Lächeln streifte das Gesicht des Abbés. Die dunklen Brillengläser verdeckten viel von seinem Gesicht, ließen aber genügend frei, um die etwas grau wirkende Haut erkennen zu können, mit den scharfen Falten, dem hohen Stirnansatz und dem weißen, schon leicht schütteren Haar, das er zurückgekämmt trug.

»Nehmt bitte Platz, Freunde«, sagte er mit leiser Stimme und deutete dabei auf zwei Stühle. Er wußte genau, wo sie standen. Ihm gegenüber nämlich. Zwischen uns befand sich der rechteckige Tisch.

»Ihr habt den Blutmond gesehen?« erkundigte er sich mit leiser Stimme.

»Ja!« sagte ich, wobei ich nicht einmal überrascht war, daß der Abbé von der Existenz des veränderten Mondes wußte. Er brauchte dies nicht zu sehen, so etwas spürte er.

»So ist denn das eingetroffen, was ich befürchtet habe.«

»Noch ist alles normal und nichts passiert«, sagte Suko. »Uns stört allein die Farbe des Mondes.«

»Sie ist rot wie Blut. Oder rot wie dieser Würfel, den du, John, mir geschenkt hast.«

Er hob beide Hände an, die er übereinandergelegt hatte. Unter seinen Handflächen war der Würfel verborgen. Dann lag er frei vor ihm, wir konnten ihn sehen und waren, obwohl wir ihn gut kannten, fasziniert.

Es existierten zwei Würfel. Der eine wurde der Würfel des Unheils genannt, der andere nannte sich Würfel des Heils. Den ersten, den negativen, besaß der Spuk, ein mächtiger Dämon, ein amorphes Wesen und Hüter der Dämonenseelen. Er war Herr im Reich der Schatten und hätte durch die Kraft des Würfels die Welt aus den Angeln heben können.

Wenn es nicht noch den zweiten gegeben hätte. Er – gleichstark – hob die Kräfte des ersten auf. So war ein

Gleichgewicht entstanden, eine Waage, die um Himmels willen nicht kippen durfte.

Der Würfel erlaubte unserem Freund zwar keine unbegrenzte Macht, doch dank seiner Hilfe konnte er viele Tatsachen erkennen, die sich auf der anderen Seite abspielten.

Er sah den Fluß der drei Zeiten: Vergangenheit, Gegenwart und Zukunft. Der Würfel vermittelt ihm Informationen, die er zum Positiven verwenden konnte.

Dabei sah er völlig normal aus, wäre nicht seine tiefrote Farbe gewesen, die einen Stich ins Violette bekommen hatte. Diese Farbe besaß Ähnlichkeit mit der des Blutmondes am Nachthimmel. Ich konnte mir durchaus vorstellen, daß es eine Verbindung zwischen Würfel und Blutmond gab.

Abbé Bloch legte seine schmalen Hände um die Würfelseiten. Auf uns wirkte diese Geste so, als hätte er etwas sehr Kostbares angefaßt, das um alles in der Welt nicht zerstört werden durfte. Der Kontakt zwischen Hand und Würfel aktivierte die Kräfte, die in ihm wohnten.

Es waren kleine Schlieren von heller, fahler Farbe, die sich zuckend in Bewegung setzten.

Informationsträger, vergleichbar mit Chips auf dem elektronischen Gebiet. Nur gaben diese hier magische Informationen ab, die den Kreislauf Raum und Zeit einschlossen.

»Ich freue mich«, sprach er uns an, »daß ihr meiner Einladung, ohne zu fragen, gefolgt seid. Ich habe den Zeitpunkt nicht mehr länger hinauszögern können, ich wußte, daß etwas geschieht, daß gewisse Dinge in Fluß gekommen sind, die in tiefer Vergangenheit ihre Geburtsstunde erlebt haben und nun wiederkehren.«

»Was ist es?« fragte ich.

»Zwei Dinge sind wichtig. Sie hängen mit uns, den Templern zusammen, aber auch mit dem Urvolk, das einst, vor knapp siebentausend Jahren, die Insel besiedelt hat.«

»Niemand weiß, woher dieses Volk kam.«

Der Abbé nickte. »Das ist sehr wichtig. Man spekuliert nicht einmal in den Kreisen der Wissenschaftler. Aber . . .«, er räusperte sich und holte tief Atem, »ich bin darüber informiert. Der Würfel hat mir das Wissen gegeben, und so sind Spekulationen zur Wahrheit geworden, auch wenn sie nur für mich gilt.«

»Atlantis!«

Der Abbé zögerte noch, bevor er nickte. »Ja, es müssen Atlanter gewesen sein. Oder zumindest Abkömmlinge dieses alten Volkes, das mehr als fünftausend Jahre verstreut irgendwo gelebt hat, viel von seiner einst sehr hochstehenden Kultur vergaß, sich mit anderen Urstämmen vermischte und schließlich nach Malta wanderte, wo es eine neue Heimat fand und die ältesten Spuren hinterlassen hat. Heute geht man davon aus, daß es in vorgeschichtlicher Epoche eine Verbindung zwischen Malta und Sizilien gegeben haben muß. Ob sie damals, als Malta besiedelt wurde, noch Bestand hatte, weiß niemand zu sagen.«

»Dieses Volk ist verschwunden«, sagte Suko. »Ausgestorben, wie von einer Seuche dahingerafft.«

»So ist es.«

»Niemand kann sagen, wie es geschehen konnte.«

»Man wagt nur nicht auszusprechen, was ich weiß. Schon die Templer des Mittelalters, die auf der Insel für kurze Zeit Fuß gefaßt haben, hatten sich mit dem Urvolk beschäftigt, und sie sind der Wahrheit sehr nahe gekommen. Sie haben erfahren, daß dieses Volk einem besonderen Totenkult frönte, der es schließlich ins Verderben riß. Unter dem Blutmond muß es vernichtet worden sein, aber nicht für alle Zeiten, da der Totenkult eine starke Magie beinhaltet und gewisse Wege zwischen dem Diesseits und dem Jenseits offenließ.«

Ich hatte über die Worte nachgedacht und kam zu einem Entschluß. »Heißt das, daß Jenseits und Diesseits miteinander in Verbindung stehen und die alten Templer darüber Bescheid wußten?«

»Davon gehe ich aus.«

»Dann konnte das Bindeglied zwischen den beiden Welten nur das hier ansässige Urvolk gewesen sein.«

Der Abbé stimmte mir durch sein Nicken zu. »Wobei die Frage entsteht, wer überlebt hat. Die Erinnerung oder die Magie?«

»Das Volk ist verschwunden!« stellte ich noch einmal fest.

»Ja, verloren, nicht verschwunden. Möglicherweise wird es durch die nicht zerstörte Magie noch einmal zurückkehren. Das aber weiß ich alles nicht. Der Würfel hat mich gewarnt.«

»Inwiefern?«

»Er zeigte mir auf mentalem Weg, daß bald etwas geschehen wird. Wenn der Blutmond seine Kraft verbreitet, werden die alten Mächte geweckt. Das Meer hat vieles verschlungen, es wird aber einiges wieder hergeben, davon bin ich überzeugt.«

»Und was?«

»Wir müssen uns auf fürchterliche Dinge einstellen. Als unsere Templervorfahren die Insel besuchten, da haben sie es gewußt und gespürt. Sie kannten das Rätsel des Urvolks.«

»Du nicht mehr?«

»Nein, ich bin zu schwach, leider, und trotz meines

Würfels. Der Blutmond ist erschienen. Niemand wird seine Strahlung stoppen können. Er ist einfach zu mächtig. Was längst in Vergessenheit geriet, kann wieder hochkommen. Die alten Templer wußten mehr. Deshalb habe ich mich zu einer Tat entschlossen, die euch möglicherweise ungewöhnlich erscheinen wird. Sie ist auch ungewöhnlich, das gebe ich zu. Einer von euch möge aufstehen und die Decke zur Seite schlagen, die in meiner Koje liegt.«

Suko und ich schauten uns an.

»Du?« fragte Suko.

»Okay.« Ich erhob mich. Bis zur Koje brauchte ich nicht einmal zwei Schritte.

Glatt wie gestrichen lag die Decke über einem Gegenstand, der sich unter dem Laken nicht einmal abmalte. Mit einer heftigen Bewegung zog ich die Decke zur Seite – und erstarrte.

Vor mir lag ein silbernes Skelett!

Damit hatte ich nicht gerechnet!

In den folgenden Sekunden war ich sprachlos. Meine Kehle saß zu, ich bekam kein Wort hervor und vernahm das Räuspern des Abbés wie aus weiter Ferne.

»Du hast es gesehen?« fragte er.

»Ja, es ist . . .«

»Hector de Valois, dein Ahnherr und derjenige, der in dir wiedergeboren wurde.«

Da hatte der Abbé die volle Wahrheit gesprochen. Mir schossen derweil Tausende von Gedanken durch den Kopf, wobei es mir nicht gelang, sie zu ordnen.

Eine Frage jedoch kristallisierte sich immer deutlicher hervor. Weshalb hatte er das Skelett mitgenommen? Normalerweise lag es in der Kathedrale der Angst eingebettet in einem steinernen Sarkophag. Jetzt befand es sich auf dem Schiff. Der Abbé mußte schon sehr triftige Gründe für einen Transport gehabt haben.

Suko war ebenfalls aufgestanden. Er stellte sich neben mich, ich hörte ihn schwer atmen. Als ich meinen Kopf nach rechts drehte und ihn anschaute, erkannte ich auch bei ihm das Erstaunen auf dem Gesicht. Mein Freund konnte sich keinen Reim darauf machen.

»Der Anblick wirft viele Fragen auf, nicht wahr?« sprach der alte Abbé weiter.

»Das kannst du wohl sagen.«

»Ich werde es euch erklären.« Er holte tief Luft, bevor er weitersprach. »Es gibt Momente im Leben eines Menschen, in denen sich die Gefahr zusammenballt. Wir stehen vor einem dieser Augenblicke, und deshalb müssen wir mit allem kämpfen, was wir besitzen. Hector de Valois hat diese Insel kurz besucht, auch er muß von den Ureinwohnern erfahren haben. Nun ist er zurückgekehrt, als das silberne Skelett, aber nicht nur er kam zurück, du bist auch hier, John Sinclair, so daß wir mit doppelter Kraft uns dem Blutmond entgegenstemmen können.«

»Du meinst, Abbé, daß ich zusammen mit dem silbernen Skelett den Kampf aufnehmen soll?«

»Ja!«

Ich wischte über meine Stirn, auf der sich Schweiß gebildet hatte. Danach glitt mein Blick wieder auf das Bett, wo das silberne Skelett des Hector de Valois' auf dem Rücken lag.

Immer wenn ich es anschaute, überkam mich so etwas wie Ehrfurcht und ein heiliger Schauer. Ich wurde daran erinnert, daß ich schon einmal gelebt hatte, als Hector de Volois und viel früher noch als

Richard Löwenherz. Ob ich König Salomo gewesen war, stand nicht ganz fest, aber als Barbar hatte ich ebenfalls in grauer Vorzeit existiert.

Das Skelett bewegte sich nicht. Seine knöchernen Silberfinger hielt es gefaltet, allerdings so, daß das alte englische Templersiegel, das ich in einem alten Brunnenschacht in Jugoslawien gefunden hatte, zwischen den Händen Platz bekam.

Die untere Hälfte des Steinsiegels zeigte den englischen Löwen, eine Verbeugung vor Richard Löwenherz, dem furchtlosen Kämpfer. Über dem Raubtier mit dem gebogenenen Schwanz lag ein Halbmond. Er war fest verbunden mit der Unterseite eines Kreuzes und umgeben von zahlreichen Sternen. Bei den Templern war es das Sinnbild für die Gottesmutter Maria.

Ich wußte auch, daß dieses eingravierte Kreuz die gleichen Zeichen aufwies wie mein eigenes, nur die geheimnisvollen Symbole in der Mitte fehlten bei mir. Auf dem Kreuz des Siegels waren sie noch vorhanden und gut zu erkennen. Das Siegel gehörte zu Hector de Valois. Es war für ihn ein ebensolcher Schutz wie mein Kreuz für mich und gleichzeitig ein Beweis dafür, daß wir beide zusammengehörten, auch wenn uns die Jahrhunderte mittelerweile trennten.

Der Abbé lächelte, als hätte er meine skeptischen Gedanken erraten. »Willst du mir nicht glauben, John?«

»Nun ja, es fällt mir schwer. Du wirst das Skelett nicht ohne Grund aus der Kathedrale der Angst entfernt und mit auf die lange Reise genommen haben.»

»Das stimmt.«

»Können wir die Kraft des Blutmondes stoppen?« stellte Suko die nächste Frage.

Der Abbé lachte leise. »Ich glaube nicht, daß wir seine Kraft stoppen können. Wir sollten dabei mehr über die Folgen nachdenken, die sein Erscheinen mit sich bringt. Schließlich ist es nicht ohne Grund erschienen. Er will die Toten zurückholen, und wahrscheinlich geschieht dies mit Hilfe der Templer, unseren Vorfahren.«

»Bis jetzt, Abbé, haben wir nicht reagiert, nur abgewartet. Wie wird es deiner Ansicht nach weitergehen?«

»In dieser Nacht fällt eine Entscheidung.«

»Wo?«

»Hier auf dem Meer. Vieles ist verschwunden. Das Wasser kann das Grauen verdecken, es kann es aber nicht halten. Der Blutmond schickte seine Strahlen auf das Meer. Ich möchte euch bitten, an Deck zu gehen und das Wasser genau zu beobachten. Wenn das Grauen erscheint, können wir uns ihm stellen oder . . .« Er sprach den Satz nicht mehr aus, ich konnte mir aber vorstellen, was er meinte und nickte.

»Untergehen«, sagte Suko.

»Damit müssen wir rechnen. Ich hatte euch vor Antritt der Reise gewarnt, daß ich leider für nichts garantieren kann. Manchmal sind die Zeiten zu schrecklich.«

»Wie verhält sich der Würfel?« wollte ich wissen. »Er müßte eigentlich auf deiner Seite stehen.«

Der Abbé senkte den Blick, als könnte er die geometrische Figur genau sehen. »Er ist neutral, wenn euch das hilft. Ich kann nicht fühlen, auf welche Seite er sich stellen will.«

»Er müßte dir gehorchen«, sagte ich.

»Eine andere, sehr starke Kraft hält ihn unter Kontrolle.«

»Die könnte nur vom Spuk kommen«, sagte Suko.

»Wer weiß«, flüsterte der Abbé, »wo er sich vor langer Zeit noch eingemischt hat.«

»Gut«, erklärte ich zum Abschluß. »Wir werden deinen Rat befolgen, an Deck gehen und alles auf uns zukommen lassen.«

»Möge uns der Allerhöchste Schutz geben«, sagte der Abbé zum Abschied und lächelte schmal. Es kam mir etwas verloren und deprimiert vor. Ich mußte ihm einfach tröstende Worte sagen und legte ihm meine rechte Hand dabei auf die Schultern.

»Keine Sorge, Abbé, bisher haben wir immer einen Weg gefunden, das Grauen zu stoppen. Ich bin fest davon überzeugt, daß wir auch dem Blutmond Paroli bieten können.«

»Ich wünsche uns allen, daß deine Worte in Erfüllung gehen.« Er legte seine Hand auf die meine. Sie war schweißfeucht. Ich merkte, daß seine Finger zitterten.

Suko stand schon an der Tür und öffnete sie. Im Gang wischte auch er sich den Schweiß aus dem Gesicht. »Das war ein hartes Stück. Viele Tatsachen auf einmal.«

»Fast schon zu viele.«

»Glaubst du daran, daß alles so eintreten wird, wie der Abbé es gesagt hat?«

»Welchen Grund sollte ausgerechnet er haben, uns belügen zu wollen? Keinen, Suko.«

Mein Freund war sehr nachdenklich geworden. Er schwieg und ließ sich die gehörten Worte und Warnungen durch den Kopf gehen, während wir wieder an Deck gingen.

Wir sahen auch die Helfer des Abbés. Neben der eigentlichen Besatzung hatte der Anführer der Templer fünf seiner Getreuen aus Alet-les-Bains mitgebracht. Die anderen waren im Dorf geblieben, um es nicht schutzlos zu lassen.

Die Männer redeten nicht viel. Sie wirkten oft finster mit ihren starren Gesichtern, in denen sich kein Muskel regte. Aber man konnte sich fest auf sie verlassen, das wußten Suko und ich ebenfalls. Nur näheren Kontakt hatten wir nie zu ihnen bekommen. Sie akzeptierten uns, Freunde wurden wir deshalb nicht.

Zur Besatzung zählte der Kapitän und drei seiner Leute. Die Templer hatten sie angeheuert, wobei der Kapitän auch als Steuermann fungierte. Wir betraten das Deck und spürten sofort die etwas kühlere Luft. Sie hatte die bleierne Gluthitze des Tages abgelöst.

Der Himmel hatte sich nicht verändert. Nach wie vor besaß der Mond einen roten Schein. An den Rändern faserte er etwas auseinander. Suko schüttelte den Kopf, als er zu dem so veränderten Erdtrabanten hochdeutete. »Wir sehen ihn in seiner roten Farbe, John. Ich frage mich nur, ob dies auch bei anderen Personen der Fall ist. Zigtausende müßten die Veränderung erkennen und entsprechend reagieren.«

»Vielleicht sehen sie ihn auch so.«

»In London ebenfalls? Es ist der gleiche Mond, John.«

Da hatte Suko recht. »Worauf willst du hinaus?«

»Ganz einfach. Ich kann mir gut vorstellen, daß nur wir ihn in dieser Farbe leuchten sehen. Sie konzentriert sich eben auf ein bestimmtes Gebiet, das unter einer magischen Aura liegt.« Er sah mich an. »Oder trete ich sehr daneben?«

»Das glaube ich nicht.« Mein Blick glitt zur Brücke am Heck des Schiffes. Sie war nicht sehr hoch, hatte aber einen frischen Anstrich bekommen und glänzte in einem strahlenden Weiß.

»Willst du mit dem Kapitän reden?«

»Das hatte ich vor. Vielleicht ist ihm etwas aufgefallen, was eine Veränderung des Wassers angeht. Du weißt selbst, daß der Abbé die Gefahr auch aus der Tiefe erwartet.«

Wir brauchten nicht erst hoch zur Brücke zu laufen, denn der Kapitän, er hieß Duval und stammte aus Marseilles, kam uns entgegen. Seine Jacke hatte er ausgezogen, trug nur das weiße Hemd und die ebenfalls weiße Hose. Ein braungebrannter Mann mit dunklen Haaren und einem kühn geschnittenen Gesicht, ein Frauentyp.

»Zu Ihnen wollten wir, Monsieur Duval.«

Er blieb stehen. »Hatten Sie vor, die Brücke zu besichtigen?«

»Das eigentlich nicht. Wir wollten uns mit Ihnen unterhalten.«

»Bitte. Hier?«

»Das wäre uns lieb, die Luft ist besser als unter Deck.« Wir gingen einige Schritte, stellten uns so an die Reling und schauten hinaus aufs Meer.

»So, jetzt raus mit der Sprache«, forderte er.

»Ihnen ist nicht zufällig in letzter Zeit etwas aufgefallen. Ich meine, seit der Mond am Himmel steht.«

»Der Mond?« Duval lächelte etwas verkrampft.

»Ja!« Suko nickte noch.

»Was sollte mir denn aufgefallen sein?«

»Seine Farbe.«

Duval schaute zum Erdtrabanten und nickte dann. »Sie haben recht. Ich sah ihn selten so klar und scharf geschnitten. Er ist schon etwas ganz Besonderes. Was seine Farbe angeht, so muß ich sagen, daß mir die Blässe
etwas . . .«

»Moment mal, Monsieur Duval«, unterbrach ich ihn ungeduldig. »In welch einer Farbe sehen Sie ihn denn?« Der Kapitän trat einen Schritt zur Seite. Er blickte mich an, als wäre ich ihm als Geist erschienen. »In gelb natürlich. Ich sehe den verdammten Mond in einem blassen Gelb . . .«

Das war es!

Genau das war der springende Punkt, der Hammer, der Klopfer, wie auch immer.

Er sah ihn in seiner normalen Farbe, nur Suko ich und möglicherweise die Templer sahen ihn in einem blutigen Rot.

Weshalb?

Duval tippte mich an. »He, Sinclair, kommen Sie zu sich! Was haben Sie denn? Sie sehen aus, als wäre Ihnen etwas Furchtbares passiert. Was ist denn los?«

»Eigentlich nichts«, erwiderte Suko an meiner Stelle. »Es ist schon gut. Wir wollten nur testen, ob Sie nicht farbenblind sind, Käpt'n. Eine schöne Nacht wünsche ich Ihnen noch.«

Duval verschwand kopfschüttelnd. Wahrscheinlich hielt ihn die Höflichkeit davon ab, uns mit einem beleidigenden Kommentar zu verabschieden. Wir warteten, bis er außer Hörweite war, dann sagte Suko leise zu mir: »Er sieht ihn in Gelb.«

»Und wir in Rot.«

»Weshalb, John?«

»Keine Ahnung.«

»Ich würde an deiner Stelle nachdenken.«

»Mach ich auch. Nur ist es schwer für mich, zu einem Ergebnis zu gelangen. Das ist mir zu hoch. Ein normaler Mensch sieht den Blutmond der Templer also nicht.«

»So ist es. Ich kann mir nur denken, da wir ihn deshalb in dieser Farbe sehen, weil wir in einem unmittelbaren Zusammenhang zu ihm stehen. Wenn du etwas Besseres weißt, sag es.«

Ich hob die Schultern. »Tut mir leid. Im Augenblick habe ich einen Riß . . .« Ich schaute wieder auf den Mond, sah ihn, rot, rund und prall . . .

»Der Abbé hat genau gewußt, weshalb er uns Bescheid gab«, flüsterte Suko.

»Er hat auch das Skelett mitgenommen, meinen Ahnherrn. Das darfst du nicht vergessen.«

»Eben, John. Wir alle sind untrennbar mit einem gewissen Schicksal verbunden.«

»Hat das auch einen Namen?«

»Klar doch. Die Templer. Unter dem Blutmond werden sie wieder erwachen.« Suko deutete in die Höhe. »Er leuchtet da wie ein rotes Auge. Ich sage dir, John, daß wir uns bald auf einiges gefaßt machen können.«

»Bloch sprach von einer Gefahr, die aus dem Meer kommen könnte.« Ich zeichnete mit der Hand einen Halbkreis über die Reling hinweg.

»Dann hätten wir ruhig La Valletta anlaufen können.«

»Vielleicht hat er es bewußt nicht getan.«

Suko verzog den Mund. »Wenn man dich so reden hört, John, muß man das Gefühl haben, daß Abbé Bloch mit falschen Karten spielt.«

»Nicht gerade mit falschen Karten. Ich traue ihm eher zu, Wissen für sich behalten zu haben.«

»Was ist der Grund?«

»Keine Ahnung. Jedenfalls sollten wir uns auch auf das Wasser konzentrieren.« Ich drehte mich um. Mein Blick fiel auf die dunkle Fläche, die keinen roten Schleier bekommen hatte, weil das Mondlicht unterwegs versickerte. Auf den Rändern der Wellenkämme wirkte die Gischt wie ein Streifen aus Diamanten. Die Dünung war lang. Irgendwie kam sie mir vor, als wäre das Meer eingeschlafen. Wir trieben in der langen Dünung. Wenn es nach Kapitän Duval gegangen wäre, hätten wir längst La Valletta angelaufen. Das wiederum wollte Abbé Bloch nicht.

Noch lag das Meer als dunkler Teppich aus langen Wogen vor uns. Eine geheimnisvolle Oberfläche, die einiges verbergen konnte. Uralte Geheimnisse, das Grauen einer Tiefsee, längst versunkene Kulturen wie das alte Atlantis zum Beispiel.

An bestimmten Orten auf dem Grund des Meeres, möglicherweise in Spalten und Grüften verborgen, lagen sicherlich Reste des versunkenen Kontinents Atlantis. Nicht ohne Grund hatten wir vor Jahren den Magier Myxin auf dem Meeresgrund entdeckt und ihn aus seinem zehntausendjährigen Schlaf erweckt.

Ich war in Gedanken versunken, als ich meinen Blick über die Oberfläche des Wassers streifen ließ. In der Ferne, wo tagsüber Land und Meer verschmolzen, sah ich ein einsames Licht, das sich über den Himmel bewegte. Es war ein Flugzeug, kein Ufo oder etwas Ähnliches.

Die lange Dünung klatschte gegen die Bordwand. Sanft schaukelte das Schiff auf den Wellen. Ich spürte die Müdigkeit allmählich aufsteigen, schaute auf die Uhr und war überrascht, denn der neue Tag hatte bereits begonnen.

Nach Mitternacht . . .

Suko kam von einem Inspektionsgang zurück. Schulterhebend stellte er sich neben mich. »Nichts zu sehen, John. Es ist alles ruhig geblieben. Fast schon trügerisch.«

»Ich wollte, es würde so bleiben.«

Er lachte nur.

Ich beugte mich wieder vor und schaute direkt an der Bordwand entlang. Genau unter mir schäumte und gurgelte das Wasser. Auf der Oberfläche bildete es einen hellen, schaumigen Strudel, der sich ausbreitete wie ein Teppich. Das war nicht normal.

Suko hatte es ebenfalls gesehen. Bevor er etwas sagen konnte, entdeckten wir die anderen, für uns unnatürlichen Strudel in Sichtweite. Sie zeichneten die hellen Stellen auf der ansonst grauen Wasserfläche, sie waren wie Augen und rotierende Trichter zugleich.

»Der Abbé scheint wohl recht gehabt zu haben«, sagte ich.

»Noch ist nichts passiert.«

Es war doch etwas passiert, denn die Strudel breiteten sich aus, und sie erfaßten unser Schiff.

Es war ein harter Stoß, der sich vom Heck bis zum Bug fortpflanzte, als hätte jemand gegen den Rumpf geschlagen.

Noch wurde kein Alarm gegeben, auch wir taten nichts, aber aus den Strudeln schoß etwas hervor.

Lang und bleich. Es sprang aus dem Wasser, als hätte es einen harten Stoß bekommen.

Beide zuckten wir zurück, weil wir uns so erschraken. Der ausgespiene Gegenstand blieb für einen Moment in Kopfhöhe stehen, bevor er sich wieder senkte und eintauchte.

Zeit genug, um ihn erkennen zu können, hatten wir. Aus den Fluten war ein bleiches Skelett erschienen.

Im gleichen Moment schrillte die Alarmglocke!

Weshalb sie so tönte, wußten wir nicht, sicherlich nicht wegen des Skeletts. Da mußte etwas anderes geschehen sein. Wir fuhren herum, gerade als die Scheinwerfer aufstrahlten und das Deck taghell anleuchteten. Wir hörten die Stimme des Kapitäns über Megaphon.

»Wassereinbruch backbord!«

Auch das noch. Irgend jemand hatte an der linken Seite des Schiffes ein Leck geschlagen. Wenn jetzt die

Pumpen nicht voll arbeiteten, konnten wir sinken.

Die Besatzung wußte, wie sie sich verhalten mußte. Sie war für solche Fälle geschult, ich aber dachte an den blinden Abbé und auch an das silberne Skelett.

»Wir müssen unter Deck!«

Suko hatte die gleiche Idee gehabt und lief bereits vor. Wir rutschten den Niedergang hinab, erreichten das Ziel sehr schnell und sahen auch den Kapitän, der mit hochrotem Gesicht aus der Kabine des Abbés stürzte. »Was ist geschehen?«

Er blieb vor uns stehen. »Wir schaffen es nicht, die Pumpen sind zu schwach. Es gibt inzwischen zwei Lecks.«

»Heißt das, daß wir sinken?«

»Danach sieht es aus.«

»Verdammt auch! Was schlagen Sie vor?«

»Gehen Sie in die Boote. Das ist die einzige Chance.« Als wir stehenblieben und überlegten, schüttelte er uns. »Machen Sie schon, zum Teufel! Sie werden sonst mitgerissen. Holen Sie Bloch raus.«

»Okay.«

In der Kabine saß der Abbé am Tisch, als wäre nichts geschehen. Auch das silberne Skelett sahen wir noch. Zwei Templer standen hinter ihrem Meister.

»Er will noch nicht!« sagte einer.

»Doch, Abbé, wir müssen vom Schiff.«

»Und dann?«

»Wir werden mit den Booten die Küste ansteuern. Bis Malta ist es nicht zu weit.«

Er nickte. »Gut, ich sehe ein, daß wir keine andere Chance haben. Ich hätte es mir denken können.« Er stand auf. Sofort waren die beiden Templer bei ihm, um ihn zu führen. Auch Suko kümmerte sich um den Abbé.

Ich wandte mich an das Skelett. Ich wußte, daß es tot war und trotzdem lebte. In seinen silbernen Knochen steckte eine gewaltige Kraft. In der Kathedrale der Angst hatte ich es schon gesehen, jetzt mußte es wieder hoch.

Noch lag es auf dem Rücken. Ich bückte mich und faßte nach seinem rechten Arm. Er war nicht schwerer als ein normaler Knochenarm. Vorsichtig zog ich daran.

»Du mußt kommen, Hector de Valois. Wir müssen dem Blutmond und dem Grauen entwischen.«

In seinen Augenhöhlen, die eigentlich leer waren, sah ich ein geheimnisvolles Schimmern. Es kam mir vor, als könnte ich durch diese beiden Löcher in anderen Welten schauen.

Steif richtete sich das Skelett auf.

Ich warf einen Blick zurück. Der Abbé, Suko und die beiden Templer hatten die Kabine bereits verlassen. Von Deck her wehten leise Rufe in den Bauch des Schiffes.

Auch hörte ich ein überlautes Summen. Wahrscheinlich die Geräusche der hart arbeitenden Pumpen.

Für einen Moment blieb der unheimlich wirkende Körper noch sitzen. Dann stand er mit einer ruckartigen Bewegung auf. Das Siegel der Templer klemmte zwischen den silbrig schimmernden Knochenfingern.

Es ließ sich von mir führen. Als wir die Kabine verließen und den Gang betraten, kam uns ein Mitglied der Besatzung entgegen. Der Mann sah das Skelett und fing an zu schreien. Fluchtartig rannte er in Richtung Heck. Uns aber strömte das Wasser gurgelnd entgegen und umspielte schon sehr schnell unsere Füße hoch bis zu den Knöcheln.

Um sicherzugehen, daß ich meinen Ahnherrn auch nicht verlor, ließ ich ihn vorgehen und schob ihn weiter. Wenn mich nicht alles täuschte, hatte unser Schiff bereits Schlagseite bekommen.

Endlich erreichten wir den Niedergang. Das Skelett kletterte ihn hoch. Über uns erschien das Gesicht eines Templers. Der Mann winkte uns hastig zu.

»Sind die anderen schon in den Booten?«

»Sie lassen sie zu Wasser.«

»Gut.«

An Deck war es nicht einfach, sich auf den Beinen zu halten.

Suko winkte uns zu, dann kam er selbst. »Los, John, wir müssen uns beeilen.«

Wir hetzten zum Heck des Schiffes, wo das Rettungsboot bereits auf den Wellen schaukelte. Der Abbé saß darin. Noch war das Boot mit dem Schiff verbunden.

Zuerst ließen wir Hector de Valois einsteigen. Der Kahn schaukelte so stark, daß sich der Abbé mit beiden Händen an der Bordwand festklammern mußte.

Suko und ich folgten.

Damit war der Platz auch ausgenutzt. Die anderen Templer befanden sich in einem zweiten Boot. Sie hatten es bereits gelöst und trieben vom sinkenden Schiff weg.

Auch wir kappten die Verbindung zum Schiff. Die lange Dünung trieb uns ein Stück fort. Ich kümmerte mich um den Außenborder, mit dem das Boot ausgerüstet war. Unter einer Plane versteckt lagen die wichtigen Dinge, die ein Schiffbrüchiger benötigt, um die ersten Stunden auf See überleben zu können.

Signalpistole, Notproviant, Entsalzungstabletten und Lebensmittel in Dosen. Auch eine wasserfeste Plane, die über den Rettungskahn gezogen werden konnte.

Der Außenborder sprang schon beim ersten Anreißen der Leine an. Das Tuckern in diesen Augenblicken war Musik in meinen Ohren. Wir fuhren vom Schiff weg. Wenn es sank, wollten wir auf keinen Fall in den gefährlichen Strudel hineingeraten.

Noch immer strahlten die Scheinwerfer das Deck an. Die Besatzung befand sich noch auf dem Schiff. Sehr deutlich sahen wir Duval, den Kapitän. Mit lautstarker Stimme gab er seine Befehle und scheuchte die Männer in das letzte Boot.

Er wollte später das Schiff verlassen. Die alte Tradition war auch heute nicht gebrochen worden.

Um den sinkenden Kahn hatten sich Strudel gebildet. Das Wasser suchte und fand seinen Weg. Es schäumte durch zahlreiche Öffnungen und Luken in den Bauch des Schiffes und sorgte dafür, daß es sank.

Da geschah es!

Woher die Gestalt kam, wußte niemand so recht zu sagen. Jedenfalls rissen die Planken an der Stelle auf, wo der Kapitän stand. Er kam mir vor wie eine erstarrte Figur. Er schaffte es nicht einmal, die Arme in die Höhe zu reißen.

Es hätte ihm auch nichts geholfen, denn die Gefahr kam aus der Tiefe, und sie griff zu.

Ob es eine Hand oder ein Arm war, konnten wir nicht erkennen. Jedenfalls bekam Duval keine Chance.

Vor unseren Augen verschwand er in der aufgerissenen Kuhle. Zusammen mit den Trümmerteilen raste er in die Tiefe. Ein letzter Schrei drang noch aus seinem Mund. Er war selbst für uns zu hören, danach gab es Duval nicht mehr.

Wir schauten uns gegenseitig an, waren totenbleich geworden. »Das ist er wieder gewesen«, sagte Suko. »Es muß einfach die gleiche Gestalt . . .«

»Er ist tot, nicht?« Abbé Bloch meldete sich. Er wußte

Bescheid, ohne daß er etwas hatte sehen können. Der Templer saß am Bug und hielt seinen Würfel fest.

»Ja, jemand hat ihn geholt.«

Der Abbé nickte. »Ich habe es mir gedacht. Man soll die Kräfte in der Tiefe nicht unterschätzen. Sie liegen so lange ruhig, bis man sie weckt. Der Blutmond hat sie hervorgeholt.«

Unwillkürlich schaute ich hoch zum Himmel, wo er noch immer wie ein rotes Auge stand. »Wir sehen ihn so, Abbé«, sagte ich. »Aber andere nicht. Wie kommt das?«

»Ihr seid Auserwählte.«

»Das ist mir zu wenig.«

»Laßt mir Zeit und denkt jetzt darüber nicht nach. Wir müssen die Küste erreichen.«

Suko hatte einen Kompaß gefunden. »Süden, John, wir müssen einen südlichen Kurs einschlagen.«

»Ich weiß.«

Das Schiff lag mit schwerer Schlagseite auf dem Wasser. Als unförmiges, weißes Etwas ragte es noch aus den Wellen, als hätte jemand eine Badewanne gekippt.

Dann ging alles sehr schnell. Es sah aus, als würde der Körper noch einmal Atem holen. Er bäumte sich auf, ein Zittern lief durch den Rumpf, dann wurde das Meer zu einem gewaltigen Maul, das alles schluckte. Auch unser Schiff.

Wie ein Stein sackte es ab. Schaumige Wellen, gefährliche Strudel bildeten sich in seiner Nähe. Auch wir bekamen etwa davon mit. Heftig fing unser Boot an zu schaukeln. Mit einem lauten Schmatzen schloß sich das Meer über dem sinkenden Schiff. Als hätte jemand eine große Tasche zugeklappt. Dann war es vorbei.

Nichts wies mehr auf die Stelle hin, wo das Schiff ein Opfer der Wellen geworden war.

Tief atmete ich durch. Auf meinem Gesicht lag ein Schauer. Wir hatten das sinkende Schiff im letzten Augenblick verlassen können und befanden uns in einer relativen Sicherheit. Wenn ich allerdings daran dachte, was noch in der Tiefe lauerte, wurde mir ganz anders. Das bleiche Skelett hatten wir gesehen. Sicherlich war es nur ein Vorbote für das, was uns noch bevorstand. Drei Rettungsboote mußten unterwegs sein. In einem saßen die Templer, im anderen die Besatzung, im dritten wir. Ich hielt nach den beiden anderen Booten Ausschau.

Eines sah ich. Seine Umrisse malten sich schwach vor der Wasserfläche ab. Auch Suko hatte die gleiche Idee gehabt wie ich. Er meinte: »Es ist besser, wenn wir zusammenbleiben.«

»Das finde ich auch.«

Jemand schoß mit einer Signalpistole. Ein roter Blitz erschien plötzlich am Himmel und verdeckte die Sicht auf den Blutmond. Als er nach unten sank und sich dabei auflöste, sahen wir auch die beiden anderen Boote im Restlicht.

Sie befanden sich dicht zusammen. Das war gut. So brauchten wir nur noch hinzufahren.

Nach Verlöschen der Signalleuchte fiel die Dunkelheit wieder auf der Wasserfläche zusammen. Suko wollte den Steuermann spielen. Den Kurs hatte er sich gemerkt.

Ich gesellte mich zu dem Abbé. Das silberne Skelett befand sich in seiner Nähe. Er brauchte nur den Arm auszustrecken, um es anfassen zu können. Mein Ahnherr rührte sich nicht. Der Knochenkörper mit dem Silberglanz wiegte sich nur im Rhythmus der anlaufenden Wellen.

»Okay, Abbé«, sagte ich und wischte Spritzwasser

aus meinem Gesicht. »Jetzt wäre es an der Zeit, uns einmal aufzuklären. Was geht hier vor? Was lauert in der Tiefe?«

»Der Blutmond hat es hochgeholt.«

»Klar, ein Skelett oder ähnliches. Wir haben es nicht genau sehen können. Gehört es zum Urvolk, das einst Malta besiedelt hat?«

»Nein, es sind die Templer.«

»Wie?«

»Diejenigen, die im Mittelalter zusammen mit den Maltesern auf der Insel waren. Sie haben das Rätsel des Blutmondes erfahren, es aber nicht lösen können. Sein Erscheinen hängt mit denen zusammen, die einst hier lebten.«

»Mit Atlantis?«

»Wahrscheinlich.«

»Weshalb sehen nur wir ihn in der Farbe?«

»Weil wir Wissende sind. Du hast einen Ahnherrn, der zu den großen Templern gehört. Wer als Templer hier erscheint, der wird auch mit der alten Magie konfrontiert. Die Tage des Schreckens können zurückkehren. Ich glaube nicht daran, daß die Templer vernichtet sind. Äußerlich ja, aber sie müssen eine Chance gehabt haben, um überleben zu können. So jedenfalls sehe ich die Sache.«

Ich strich mit fünf Fingern durch das Haar. »Irgendwie will es mir zwar nicht in den Kopf, aber wenn du das sagst, wirst du schon recht haben, Abbé.«

»Wichtig ist für uns, daß wir die Küste erreichen und nicht vorher in ihre Falle laufen.«

»In die der Templer?«

»Der veränderten Templer.«

»Liegt denn das, was von ihren übriggeblieben ist, im Wasser?«

»Auch. Und natürlich in den Gräbern.«

Ich starrte den Abbé an, obwohl er mich nicht sehen konnte. »In den Gräbern?« flüsterte ich. »In welchen denn?«

»Sie befinden sich auf der Insel. Kein Land ist so reich an alten Kultstätten und Gräbern wie Malta. In den Tempelanlagen hat man sie zur letzten Ruhe gebettet, aber das werden wir noch zu sehen bekommen, wenn wir die Insel erreichen.«

»Hat man die Templer dort ebenfalls begraben?«

»Ich glaube es nicht. Was Wissenschaftler dort fanden, war älter, viel, viel älter. Es sind die Überreste eines atlantischen Volkes, das von einem Geheimnis umwoben war. Von einem tödlichen Geheimnis, denn unsere Ahnherren mußten die Lösung des Rätsels mit dem Leben bezahlen. Wir, John, sind aufgerufen, das Grauen zu stoppen, und wir wollen unseren Ahnen die ewige Ruhe geben.«

»Falls man uns läßt.«

»Genau das bereitet auch mir Sorgen.«

»Hätten wir denn eine Waffe, um gegen das Grauen angehen zu können?« fragte ich weiter.

»Es ist der Würfel. Er besitzt die Kraft, um sich gegen das Grauen stemmen zu können.«

Eine Welle lief quer, hämmerte gegen den Bug, wurde zerstört und spritzte über. Wasser traf unsere Gesichter.

Es rann auch an den silbernen Knochen des Skelettes entlang.

Eine derartige Besatzung hatte ich auch noch nicht erlebt. Zwei Menschen, ein Blinder und ein silbernes Skelett. So trieben wir auf der hohen Dünung des Mittelmeeres.

Über uns stand der Mond!

Drohend, tiefrot, mit einer schrecklichen Botschaft. Ich preßte hart die Lippen zusammen. Am liebsten hätte ich hineingeschossen und ihn vernichtet, das aber würde wohl immer ein Wunschtraum bleiben.

Suko meldete sich. Er schimpfte. »Wir müßten das Boot bereits erreicht haben, John. Siehst du es?«

»Nein.«

»Verflixt, wo kann es sein?«

Sukos Worte hatten mich mißtrauisch gemacht. Ich ließ meinen Blick schweifen, ohne allerdings die beiden Rettungsboote entdecken zu können.

Das gefiel mir überhaupt nicht.

Abbé Bloch, der sensitiv gewordene Mensch, hatte von meiner inneren Unruhe einiges gespürt. »Was hast du, John? Ich hörte, daß Suko nach den Booten sucht.«

»Ja, und ich ebenfalls. Sie sind nicht zu sehen. In Luft aufgelöst können sie sich nicht haben.« Mit einem Ruck stemmte ich mich hoch und schaffte es, auf beiden Füßen und breitbeinig stehenzubleiben. Durch geschickte Körperbewegungen glich ich das Rollen der langen Dünung aus.

Dunkel lag das Meer vor mir. Geheimnsivoll und abweisend zugleich. Eine langsam tanzende schwarze Fläche mit einer mörderischen Tiefe, in der vieles lauern konnte. Die Unruhe wuchs, auf meinem Gesicht lag der kalte Schweiß, in der Kehle spürte ich ein Kratzen.

Da schlug etwas gegen die Bordwand. An Backbordseite bekamen wir den Treffer mit.

Sofort ließ ich mich auf die Knie fallen, um nachzuschauen. Der Gegenstand, der uns berührt hatte, war durch eine Welle wieder vom Boot weggeschwemmt worden. Eine andere Welle hob ihn an und brachte ihn wieder in unsere Nähe.

Ich brauchte nur zuzugreifen, um ihn umfassen zu

können. Naß. lang und dunkel war er, und er bestand aus Holz, das an beiden Enden frische Bruchstellen zeigte.

Ich brauchte erst gar nicht genau hinzuschauen und großartige Untersuchungen anzustellen. Ich wußte auch so, was es war.

Eine Planke. Noch nicht lange im Wasser liegend, wie die hellen Bruchstellen bewiesen. Frisch irgendwo abgebrochen, durch eine Kraft zerstört. Als ich Suko das Fundstück übergab, war ich blaß geworden. Er schaute sich die Planke an, drehte sie einige Male und legte sie neben mich. »Du weißt Bescheid, John?«

»Ja. Sie muß einfach von einem Rettungsboot stammen.«

»Dann ist es versunken«, erklärte der Abbé, der uns zugehört und sofort die richtigen Schlüsse gezogen hat. »Das Boot versank in der Tiefe und mit ihm die Menschen.«

Wir konnten seine Worte nicht so einfach abschütteln und mußten erst darüber nachdenken. »Die Frage stellt sich nur, welches Boot gesunken ist und aus welchem Grund.«

»Vielleicht werden wir Leichen finden!«

»Auch die deiner Templer?«

»Damit muß ich rechnen. Die Gefahr in der Tiefe nimmt auf nichts und niemand Rücksicht.«

Er zeigte bei seinen Worten keine Gefühle. Ich wußte, daß es in seinem Innern anders aussah. Der Abbé würde für seine Männer durch Feuer gehen. Umgekehrt war es auch so.

Wir hätten jetzt Licht gebrauchen können, um die Wasserfläche anzustrahlen. Zur Not konnten wir auch eine Siganalleuchte einsetzen. Da war nicht mehr nötig, weil eine Welle einen dunklen Gegenstand heranbrachte und ihn bis gegen die Bordwand trieb.

Diesmal griffen Suko und ich zu. Unsere Finger umklammerten einen nassen Stoff.

Schon ohne den Gegenstand genau erkannt zu haben, wußten wir Bescheid, daß es sich dabei um einen Ertrunkenen handelte. Als wir ihn halb an Bord gehievt hatten, bekamen wir Gewißheit.

Es war ein Mann der Besatzung. Er war nicht nur ertrunken, sein Gesicht zeigte auch Verletzungen. Schnitte, die tief in die Haut hineingefräst waren.

Abbé Bloch tastete nach ihm. Seine Finger fuhren tastend über das Gesicht. »Er ist Seemann gewesen«, sagte er mit leiser Stimme. »Wir sollten ihn dem Meer übergeben, denn dieses Grab gehört zu ihm.«

Der Templer hatte recht. Wir sprachen ein kurzes Gebet, bevor wir den Toten dem nassen Element übergaben.

Noch immer waren wir ratlos. »Wer hat ihn getötet?« fragte Suko. »Die Verletzungen sahen verdammt schwer aus.«

»Das Meer lebt!« flüsterte der Abbé. »Ich spüre es genau. Es lauert in der Nähe, aber es traut sich nicht, sich uns zu zeigen.« Er streckte die Arme etwas vor. »Hier, der Würfel. Schaut ihn euch an. Ich konzentriere mich allein auf ihn. Er ist ein Geheimnis, in seinem Innern werden Kräfte frei. Kräfte, die dafür Sorgen tragen, daß auch ich sehen kann, wenn ihr versteht.«

»Nicht direkt«, meinte Suko. »Aber was genau siehst du?«

»Schaut gegen den Würfel!«

Suko stellte das Ruder fest und kroch vor. Der Motor tuckerte jetzt im Leerlauf.

Zunächst konnten wir nichts erkennen, als wir auf die obere Fläche des Würfels schauten. Dann aber sahen wir, daß sich die Schlieren in seinem Innern bewegten.

Sie zuckten, sie peitschten mit ihren Enden, sie gaben eine gewisse Energie ab, die sich zu einem bestimmten Bild formte. Es entstand ein Umriß. Zuerst nur schwach, dann immer deutlicher werdend. Der Gegenstand paßte zur gesamten Umgebung.

Es war ein Schiff!

Nicht modern, wie wir es aus der heutigen Zeit kennen. Nein, ein altertümlicher Segler mit zwei hohen Masten und einer Fahne, die im Wind flatterte.

Auf ihr leuchtete das Templerkreuz!

Das Bild stand nur für wenige Sekunden, dann verschwand es. Wir hörten den Abbé stöhnen, er kippte nach hinten. Ich fing ihn soeben noch ab, sah, wie sein Mund zuckte und er die flüsternden Worte formulierte. »Das sind die Mörder«, sagte er. »Sie müssen den Mann getötet haben. Sie haben das Schiff gerammt. Unter den Strahlen des roten Mondes haben sie sich verändert. Unsere Brüder sind zu Henkern geworden. Die Strahlen des grausamen Mondes und einer uralten atlantischen Magie haben sie so furchtbar verändert.«

Widersprechen konnten und wollten wir nicht. Ich glaubte fest daran, daß er recht behalten hatte. Nur eins wollte mir nicht in den Kopf. »Wir haben das Schiff gesehen, Abbé. Es war noch ein Bild, aber keine Tatsache.«

»Ihr irrt euch, Freunde. Ihr irrt euch gewaltig, darauf könnt ihr euch verlassen.«

»Dann kommt es her?«

Er beugte sich wieder nach vorn. Die Brille war verrutscht. Er richtete sie wieder. »Ja, damit müssen wir rechnen. Betet, daß wir zuvor die Küste erreichen, sonst wird mit uns das gleiche geschehen wie mit der Besatzung. Auf dem Wasser sind sie uns überlegen. Sie können nicht anders, sie müssen vernichten, was sich ihnen in den Weg stellt. Bitte . . .«

Ich wandte mich an Suko. »Wir sollten volle Kraft voraus fahren. Wie weit sind wir deiner Schätzung noch von Malta entfernt?«

»Zehn Meilen?«

»Das packen wir.«

Ob wir La Valletta direkt erreichen würden, stand in den Sternen. Die Stadt liegt an einer Bucht, die sich tief in das Landesinnere hineinschneidet. Sie besaß ungefähr eine Länge von fünf Kilometern und wurde als Grand Harbour bezeichnet. Es wäre natürlich ideal gewesen, dort anzulegen. Wir jedoch konnten froh sein, wenn wir es überhaupt schafften, gesund und unverletzt an Land zu gehen.

Der Wind frischte etwas auf. Rasch wurde das Meer unruhiger. Die Wellen wirkten nicht mehr so langgestreckt.

Sie waren kürzer und hämmerten gegen das Boot, das oft genug auf den Kämmen schaukelte, bevor es wieder in ein Wellental hineinrutschte.

Mein Blick glitt in Richtung Süden. Bei Tageslicht hätten wir den Küstenstreifen sicherlich längst gesichtet, aber das dunkle Tuch der Nacht deckte alles zu.

Keine schwarze Wand, die sich aus den grauen Wogen erhob und als Hoffnung anzusehen war.

Bisher hatte sich das silberne Skelett nicht gerührt. Plötzlich aber glitt ein Zucken durch den glänzenden Knochenkörper. Es war wie ein Alarmsignal. Sehr langsam drehte es den Schädel und schaute in eine andere Richtung als ich.

Direkt nach Westen . . .

Gab es dort etwas Bestimmtes zu sehen? Als ich den

Kopf bewegte, hörte ich das Flüstern des Abbés. »John, sie haben uns gesehen . . .«

Ich konnte sie nicht entdecken, sah jedoch über den Meer und vielleicht 200 Yards entfernt einen dünnen Nebelstreifen, der mit seiner Unterseite an den Wellen festzukleben schien.

Der Nebel stand still. Die Wellen bewegten ihn nicht, ließen ihn nicht schaukeln.

In seinem Innern erkannte ich einen dunklen Umriß, der ebenfalls ruhig lag.

»Was siehst du, John?«

»Nebel, Abbé . . .«

Der alte Templer lachte. »Das habe ich gedacht. Sie wollen nicht gesehen werden, aber sie werden gesehen.«

Er brauchte mir nichts mehr zu sagen, denn aus dem Nebel löste sich ein Gegenstand.

Das Schiff hatte ich bereits im Würfel des Abbés gesehen. Nun schälte es sich als wuchtiger Umriß aus dem schützenden Grau hervor und änderte seinen Kurs.

Es glitt geradewegs auf uns zu . . .

Nichts war zu hören. Kein Brausen, kein Klatschen der Wellen, auch nicht das Knattern der Fahnen. Das mittelalterliche Schiff schwebte wie ein Geist über das Wasser.

Mir fiel die Geschichte vom Fliegenden Holländer ein, einem Geisterschiff, das schon seit Jahrhunderten über die Meere fährt und sie unsicher macht. Auch dieser Kahn konnte eine gewisse Ähnlichkeit mit dem oft beschriebenen und besungenen Fliegenden Holländer nicht verleugnen. Die Ureinwohner der Insel sollten es geschafft haben, die Grenzen zwischen dem Diesseits und dem Jenseits fließend zu machen, weil sie etwas von Magie verstanden. Dieses Schiff schien mir direkt aus der jenseitigen Spähre gekommen zu sein.

Am Himmel stand nach wie vor der rote Mond, der so intensiv leuchtete, daß seine Strahlen das unheimliche Schiff erreichten und ein rötliches Gespinst darüber legten. Es wurde förmlich davon eingepackt.

Die Spannung hielt auch das Skelett umfaßt. Es kniete in einer lauernden Haltung und streckte seinen kahlen Schädel dem näher kommenden Geisterschiff entgegen.

»Wir sollten fliehen«, sagte Suko.

»Es würde uns immer einholen«, widersprach der Abbé.

»Trotzdem müssen wir es versuchen.«

»Dann los«, flüsterte ich.

Auch mir war das Ganze mehr als unheimlich. Das Schiff kam verdammt schnell näher. Im Gegensatz zu ihm hockten wir in einer Nußschale. Es wuchs mit jeder vergehenden Sekunde höher vor uns auf. Dunkles, rötlich schimmernde Holz, vermischt mit einem grünlichen Schleier, der auf Verwesung und Moder hinwies, als wäre es nicht aus dem Jenseits, sondern aus den Tiefen des Meeres gekommen.

Suko blieb unser Mann am Ruder. Wir sagten auch nichts, als er den Kurs änderte, um den Geisterkahn zu entkommen. Suko wollte einen großen Bogen fahren.

Nach wie vor zeigte sich keine Wolke am Himmel. Das Firmament blieb blank und glänzte wie eine gemalte Postkarte.

Nur die rote Scheibe stand dort wie ein Ausschnitt und sorgte für das unheimliche magische Flair.

Suko hatte den Kurs gut ändern können. Wir glitten

jetzt parallel zu diesem Jenseitsschiff dahin. Über das Schanzkleid hinweg liefen lange Entertaue, die mit ihren Enden in die Wellen klatschten. Von einer Besatzung hatten wir bisher nichts gesehen. Die alten Aufbauten wirkten völlig leer und verlassen.

Da streckte der Abbé den Arm aus. »Stop, Suko«, sagte er, »du darfst nicht mehr fahren.«

»Weshalb nicht?«

»Es wird uns rammen.«

Der Inspektor lachte. »Wieso denn? So schwerfällig, wie dieser Kahn ist, wird er es . . .«

Von wegen schwerfällig. Plötzlich wurde das Schiff schnell – und es drehte bei.

Wir bekamen große Augen, als wir sahen, mit welch einer Geschwindigkeit es ankam. Als würde es über den Wellen schweben, so sah es aus.

»Verdammt!« Suko konnte den Fluch nicht unterdrücken. »Der ist wirklich schnell.«

Er kam.

Gewaltig, unheimlich, begleitet vom kalten Hauch des Todes und der Verwesung, den er uns entgegenschickte. So etwas Ähnliches mußten auch die Mitglieder der Besatzung in ihrem Rettungsboot erlebt haben. Nur hatten sie es nicht mehr schaffen können. Wie sah es mit uns aus?

»Wenn du etwas erreichen willst, mußt du auf das Schiff, John. Geh an Bord.«

»Und dann?«

»Wirst du es zerstören.«

Der Abbé hatte Nerven. Ich fragte mich, wie ich einen so gewaltigen Kahn klein bekam. Auch für dieses Problem wußte Bloch eine Lösung. »Leg an und nimm den Würfel. Schnell, ich spüre, daß sie sich bereitmachen. Beeilt euch.«

»Soll ich?«

»Okay, Suko!« Ich mußte den Worten des Abbé einfach vertrauen, sonst würden wir mit hundertprozentiger Sicherheit gerammt.

Suko gab sein Bestes. Noch einmal fuhr er einen Bogen, dann aber ließ er sich von einer großen Welle hochtragen und ritt praktisch den Kamm ab. Ich kniete im Boot und beobachtete sehr genau den Kurs. Himmelhoch kam mir die Bordwand vor, als wir uns ihr näherten.

»Nimm den Würfel, John. Du weißt, daß er dich stark macht und du ihn einsetzen mußt.«

Der Abbé gab ihn mir. Ich verbarg ihn unter meiner Kleidung, weil ich die Hände freihaben wollte.

Noch tanzten wir auf dem Kamm, doch einen Augenblick später glitten wir in das Wellental.

Ich kam mir wie ein Surfer vor. Die Geschwindigkeit war hoch, die Bordwand näherte sich zu rasch, und die an ihr herabhängenden Taue peitschen im Rhythmus der anlaufenden Wellen.

Wir kollidierten nicht. Zudem schaffte mein Freund es, das Boot beizudrehen. Wieder glitten wir parallel zur Bordwand, bis wir Glück hatten und uns eine querlaufenden Welle erwischte. Sie drückte uns direkt bis an das Ziel.

Da war auch ein Tau.

Ich sprang – und hatte Glück. Zwar prallte ich hart gegen das faulige Holz, aber mir war es gelungen, das Tau mit beiden Händen zu umklammern. Zudem war es nicht so morbide, daß es riß. Es würde mein Gewicht auch halten, wenn ich hochkletterte. – Ich erreichte das überstehende Schanzkleid und war ziemlich außer Atem. Um den letzten Rest noch überwinden zu können, ruhte ich mich etwas aus und schielte zur Seite.

Meine Augen weiteten sich vor Staunen. Das durfte nicht wahr sein. Ich war nicht der einzige, der an Bord wollte. Dicht unter mir kletterte das silberne Skelett des Hector de Valois in die Höhe . . .

Mein auf magische Art und Weise verwester und in mir wiedergeborener Ahnherr wollte zusammen mit mir gegen die Mächte der Finsternis kämpfen. Das hatte ich auch noch nicht erlebt. Im ersten Moment war ich sprachlos, zwar nicht entsetzt, aber wahrscheinlich habe ich so ausgesehen. Im Gegensatz zu mir kletterte das Skelett weiter.

Auch ich wollte nicht länger in dieser Haltung bleiben und setzte meinen Weg fort. Das Schanzkleid zu überwinden, war nicht einfach. Glücklicherweise fand ich genügend Lücken in der Verkleidung, die mir den nötigen Halt gaben.

Ich betrat noch vor dem Skelett das Deck. Als erstes warf ich einen Blick zurück.

Unser Boot befand sich in Sichtweite. Als ich den Arm hob und winkte, grüßte Suko zurück.

Dann erschien das Skelett. Ich wunderte mich darüber, wie geschmeidig es sich bewegen konnte. Zudem geriet es in den roten Schein des Blutmondes, der auf den silbernen Knochen einen reflektierenden Schein hinterließ.

Ich holte den Würfel hervor, wie mir der Abbé geraten hatte. Nur sah ich keinen von der Besatzung. Das breite und lange Deck war leer. Mein Blick glitt an den Aufbauten hoch und auch an den langen Segelmasten. Die Segel selbst zeigten an einigen Stellen Löcher, durch die der Wind fahren konnte.

Nicht zum erstenmal stand ich auf einem alten Geisterschiff, aber diesmal mit einem Helfer, der den Tod auf seine Art und Weise überwunden hatte.

Wohin sollten wir uns wenden?

Ich befand mich mittschiffs. Vor mir wuchsen die Aufbauten hoch. Das Holz war angefault. Irgendwo im Bauch des Schiffes mußten die Mannschaftsräume liegen.

Eine Tür stand offen. Dahinter begann ein Niedergang, den das Skelett als erster betrat. Hector de Valois zeigte keine Furcht, als er sich in den Bauch des Schiffes begab.

Auch ich schritt über die alten, sehr weich gewordenen Planken, die aber trotzdem hielten.

Der Geruch von Wasser und Seetang spülte in meine Nase. Dazwischen ortete ich auch den Gestank von Verwesung.

Keine Stimme begrüßte uns. Wir stiegen hinunter in den Schiffsbauch und wurden selbst zu tiefschwarzen Schatten, die erst aufhörten, als ich mit der Lampe leuchtete.

Sie hielt ich in den linken, den Würfel aber in der rechten Hand. Ruhig und irgendwie sicher lag er auf meiner Handfläche.

Der Lichtfinger erreichte eine Zwischenwand in der sich ein gewaltiges Loch befand. Jemand mußte einfach etwas aus der Wand herausgebrochen haben.

Der Durchgang interessierte mich. Dahinter lag das Quartier der Mannschaft.

Pritschen, mehr nicht. Gegenübergestellt, in Reih und Glied angeordnet, als hätte ein Preuße diesen Kahn gebaut. Und jede Schlafstatt war leer. Nicht einmal Mäuse oder Ratten befanden sich auf dem verdammten Kahn.

Ich drehte mich um. Dicht vor mir stand das Skelett.

Auch Hector de Valois starrte in den Schlafraum. In seinen ansonsten leeren Augenhöhlen entdeckte ich so etwas wie Leben. Möglicherweise eine Warnung. Sollte das alte Schiff tatsächlich nicht mehr bewohnt sein? Weder von Geistern noch normalen . . .

Meine Gedanken wurden unterbrochen. Etwas geschah mit dem Würfel. Zwar lag er noch auf meiner rechten Handfläche, aber er war nicht mehr so tot wie sonst.

Der Würfel vibrierte, als wollte er mir eine Nachricht hinterlassen oder mich auf etwas aufmerksam machen.

Ich schaute tiefer in ihn hinein.

Unruhe hielt ihn erfaßt. Die Bewegung in seinem Innern gefiel mir nicht. Gleichzeitig begann er zu leuchten. Das rote Licht strahlte in den alten Mannschaftsraum hinein.

Dann erschienen sie.

Woher sie kamen, konnte ich nicht sehen. Sie waren da. Durchscheinende, unheimliche Gestalten, gekleidet und bewaffnet wie die Kreuzritter, die früher losgezogen waren, um das Heilige Land zu verteidigen.

Sie waren Geister . . .

Schlimm sahen sie aus, bestanden aus rötlichem Nebel und trugen ihre Waffen offen.

Schwerter und Lanzen sah ich ebenso wie Morgensterne, diese gefährlichen, mit Spitzen versehenen Kugeln.

Noch tanzten sie als rötlicher Schwarm vor mir, doch sie machten auf mich einen entschlossenen Eindruck. Wild und verwegen, kampfbetont, wie ich bald merken sollte, denn sie rückten vor.

Aber das Skelett blieb nicht untätig. Hector de Valois schritt an mir vorbei. Waffenlos ging er auf die geisterhaften Wesen zu – und tauchte hinein.

Ich rechnete damit, daß er sich zum Kampf stellen würde, das tat er nicht. Statt dessen hob er beide Arme, um seine friedlichen Absichten zu bezeugen.

Redete er mit ihnen?

Ich konnte nichts hören, nahm keine Akustik wahr, verstand aber trotzdem etwas, denn der Würfel vermittelte mir seine ›Worte‹.

Ich hörte das Jammern der Templergeister und erfuhr, daß sie einem furchtbaren Geheimnis auf die Spur gekommen waren und in den Tod gingen, um nicht sterben zu können. Sie waren die Verfluchten des Blutmondes und gleichzeitig Gefangene einer atlantischen Macht, die dem Blutmond dienten und ihn als ihren höchsten Gott ansahen.

Ich stand unbeweglich auf dem Fleck und konzentrierte mich allein auf den Würfel. Er sorgte dafür, daß ich das Gespräch hören und auch die Fragen des Skeletts verstehen konnte.

Hector de Valois wollte wissen, wo die Macht der alten Rasse gestoppt werden konnte.

In dem Totentempel der Insel!

Die Antwort war klar und irgendwie auch einleuchtend. Nur wußten wir noch nicht, weshalb die Templer die Besatzung des Rettungsbootes getötet hatten.

Sie waren es nicht gewesen, sondern die frevelhaften Atlanter. Mit ihren alten, den Göttern geweihten Opfermessern hatten sie die Menschen nach einem bestimmten Ritual getötet, um die Opfer dem Blutmond am Himmel zu weihen.

Hector de Valois wollte auch wissen, was mit den Templern geschehen war, deren Boot wir auch vermißten. Darüber konnten sie keinen Bescheid geben.

Auf mich stürzten in diesen Minuten starke Eindrücke zu. Wieder einmal erlebte ich einen Vorgang, für den es rational keine Erklärung gab. Sinn mußte man in der Magie suchen.

Die Geister der Templer verblaßten allmählich. Auch ich vernahm ihre Stimmen nicht mehr. Sie wehten fort, als hätte sie der Wind hinweggetragen. Hector de Valois drehte sich um. Er nickte mir gleichzeitig zu. Ein Zeichen, daß wir zu gehen hatten und dieser Ausflug beendet war.

Einiges hatten wir erfahren, allerdings nicht genug. Zum Glück wußte ich nun, wer die Urbewohner der Insel gewesen waren und wo wir ihre Spur aufnehmen konnten.

In den alten Totengräbern auf der Insel!

Wir verließen den Mannschaftsraum. Auch jetzt war ich sehr vorsichtig. Bisher hatte ich von der alten Rasse nur gehört, sie aber nicht auf dem Schiff gesehen.

Ich dachte an das bleiche Skelett, das aus dem Meer getaucht war. Hatte dieses Wesen zu den Atlantern gehört?

Bestimmt. Das Fleisch mußte ihnen von den Knochen gefallen sein, doch die Gerippe selbst hatten die lange Zeit überdauert. Nur wollten sie nicht, daß man ihr Geheimnis lüftete.

Das allerdings sah ich anders.

Wieder auf Deck, verschwand der alte Geruch von Moder und Tod. Ich hoffte, daß Suko und der Abbé die Zeit unserer Abwesenheit gut überstanden hatten.

Das Boot sah ich, aber auch den roten Kreis direkt darunter. Im gleichen Augenblick begann er sich zu drehen und bildete einen tödlichen Strudel, der das Boot in die Tiefe zerren wollte.

Mein Warnruf erreichte die beiden nicht mehr . . .

Suko und der Abbé hatten voller Sorge auf die Rückkehr der beiden anderen gewartet. Sie waren auf das Schiff geklettert und unter Deck verschwunden.

Der Motor tuckerte im Leerlauf. Suko steuerte nur gegen, wenn die anlaufenden Wellen das Boot zu weit vom Schiff wegtreiben wollte. Der Abbé hockte zusammengesunken auf einer Bank. Er hatte den Kopf gebeugt, die Hände gefaltet und murmelte Worte, die Suko nicht verstehen konnte. Wahrscheinlich waren es Gebete. Das Meer war ruhig. Kein Sturm schlug die Wellen hoch. Der Schein des roten Mondes verlor sich auf der weiten Fläche, als würde er von der Schwärze verschluckt.

»Sie waren schon damals stark«, sagte der Abbé plötzlich, »und ich glaube nicht, daß sie schwächer geworden sind.«

»Sprichst du von den Templern?« fragte Suko.

Der Abbé schüttelte den Kopf. »Nein, überhaupt nicht. Es sind die Ureinwohner, der Vergessenen, die nie Wiedergefundenen. Aber ihre Magie hat überlebt, und sie existiert heute noch. Sie ist von Atlantis her gekommen, und der Blutmond hat sie mitgebracht. So sehe ich es, Suko.«

»Dann sind die Templer Opfer gewesen?«

»Ja. Hector de Valois ist nicht ohne Grund mit auf das Schiff gegangen. Er wird mit vielen Erfahrungen zurückkehren, denn das Schiff hat den Templern gehört.«

»Existiert es nun auf zwei Ebenen?« wollte Suko wissen.

»Ja, es kann das Jenseits verlassen und ins Diesseits hineingleiten, wenn der rote Mond am Himmel steht und er die Grenzen durch seinen Schein fließend macht.«

»Da bin ich wirklich gespannt.« Suko gefiel es überhaupt nicht, daß John und sein Begleiter so lang auf dem Schiff blieben. Am liebsten wäre er ihnen nachgeklettert, nur konnte er den Abbé auf keinen Fall allein lassen.

Auch der Abbé zeigte Unruhe. Er selbst saß zwar still, seine Hände aber befanden sich in Bewegung.

Da ihm das Augenlicht genommen worden war, hatten sich die anderen Sinne verstärkt.

Er spürte gewisse Ereignisse, die noch geschehen würden, viel früher und besaß gleichzeitig auch den sechsten Sinn, ohne dabei den Würfel unbedingt besitzen zu müssen.

»Stimmt etwas nicht?« fragte Suko.

Der Abbé hob die Schultern. »Ich bin mir nicht sicher, aber ich glaube, daß die beiden Kontakt haben. Die Schwingungen sind anders geworden, die mich erreichen. Auf dem Schiff tut sich etwas.«

»Eine Gefahr?«

»Nein, Suko. Von den Templern kann ihnen keine Gefahr drohen. Sie sind ebenso überrascht worden wie andere. Atlantis ist einfach schrecklich gewesen.«

»Nicht alles.«

Der Abbé nickte und drehte sich gleichzeitig um, wobei er seine Schultern hob, als würde er sich unbehaglich fühlen. »Wenn der Blutmond leuchtet, ist die alte Kraft nicht weit«, flüsterte er Suko zu. »Vielleicht solltest du sie zurückrufen.«

»Warum?« Der Inspektor schaute sich um. »Ich kann nichts feststellen.«

»Aber ich.«

»Müssen wir mit einem Angriff rechnen?«

»Möglich ist alles – wirklich. Etwas ist dabei, uns einzukreisen. Schau dir den Mond an, Suko. Schau ihn dir genau an. Hat er sich verändert? Leuchtet er noch immer so rot?«

»Natürlich.«

»Nicht intensiver? Hat er seine Strahlung nicht verstärkt? Ich habe den Eindruck . . .« Der Abbé reagierte fast panikhaft, als er seine Brille abnahm und den Kopf so drehte, daß er in die Richtung des Mondes schauen konnte.

Suko sah das Gesicht seines Begleiters im Halbprofil. Die Augen waren nicht mehr vorhanden. Das geschmolzene Silber der Maske hatte sie weggeätzt.

Dennoch tat der Abbé so, als könnte er etwas sehen oder erkennen. Suko wagte nicht, etwas dagegen zu sagen. Der Abbé besaß Kräfte und Einblicke, über die er sich kein Urteil erlauben wollte. Jetzt hob der Templer die Arme und wischte über seine Augen. Wo einst die Pupillen gesessen hatten, wuchs nur mehr eine gelbweiße Haut, die etwas vorquoll. Es sah so aus, als würde er die Haut in die Höhlen hineinpressen. »Es muß etwas mit dem Mond geschehen sein«, wiederholte er. »Suko, kannst du es nicht sehen?«

»Nein, ich . . .« Der Chinese erstarrte plötzlich. »Doch«, flüsterte er, »da ist etwas.«

Auf der Wasserfläche malte sich ein blutroter Kreis ab, als würde sich das ungewöhnliche Licht eben nur auf diese eine Stelle konzentrieren und nicht mehr das gesamte Meer mit seinem Schein abdecken.

Dabei malte es tatsächlich einen Kreis, der zwar ruhig blieb, sich trotzdem noch bewegte und einen Tanz auf den Wellen aufführte. Er zuckte, er schwang, kam auf und nieder, vergrößerte sich nicht und zog sich auch nicht zusammen.

Aber er wanderte . . .

Darin sah Suko eine große Gefahr. Der rote Kreis glitt

wie eine Insel in der Schwärze des Meeres auf ihn zu. Ihr Boot war das Ziel dieses ungewöhnlichen Vorgangs.

Der Abbé setzte seine Brille wieder auf. Auch er spürte, was geschah. »Es kommt näher«, sagte er mit rauher Stimme. »Es kommt näher. Ich kann es genau spüren . . .«

»Was ist es?«

»Die alte Kraft der Atlanter. Die böse Macht, die in den Strahlen des Blutmondes vereint wurde. Sie konzentriert sich darin, sie ist freigekommen, sie wird stärker und uns überrollen wollen . . .«

»Was können wir tun?«

»Wahrscheinlich nichts. Du kannst sie nicht greifen, du kannst sie nicht packen. Sie ist nicht fest, sie besitzt keinen Körper, einfach nur Geist und Energie. Und sie holt das aus dem Land und dem Meer hervor, was beide Elemente verborgen halten . . .«

Suko gefiel der letzte Satz überhaupt nicht. Er dachte an seine Waffen. Mit einer Silberkugel aus der Beretta konnte er nicht viel anfangen, ebensowenig wie mit der Dämonenpeitsche. Wenn er kein Ziel sah, konnte er nichts vernichten.

Der rote Kreis glitt näher. Er hatte seine Größe nicht verändert. Suko schätzte den Durchmesser auf zwei bis drei Yards. Manchmal sah er aus, als würde er auf den Kämmen der Wogen liegen, dann wiederum wirkte er so, als hätte er sich darunter versteckt.

»Was könnten John und Hector unternehmen?« fragte Suko.

»Sie haben den Würfel.« Der Abbé ballte die rechte Hand zur Faust. »Ich hätte es wissen müssen. Ich habe es geahnt, aber ich vergaß, euch zu warnen. Sie werden Schicksal spielen. Die alte Rasse wird uns ebenso vernichten, wie sie meine Freunde und die Besatzung geholt haben. Wir werden es nicht überleben . . .« Seine Stimme war bei den letzten Worten ständig leiser geworden, dann verstummte sie völlig, und Suko vernahm nur noch das schwere Atmen des Mannes.

Der rote Fleck tauchte ab. So plötzlich, daß selbst Suko überrascht war. Er kniete im Boot, beugte sich über die Reling, suchte nach ihm und atmete auf, als er ihn nicht mehr entdecken konnte.

»Er ist verschwunden!« meldete er. »Weg. Das Meer hat ihn aufgesaugt.«

»Nein, Suko, er ist nicht verschwunden.«

»Aber ich sehe ihn nicht mehr!«

»Trotzdem lauert und wartet er. Laß es dir von mir gesagt sein. Nicht alles, was man mit den eigenen Augen nicht entdecken kann, ist auch verschwunden.«

Suko wollte nicht widersprechen. Jedenfalls war er froh, daß ihn der rote Widerschein nicht mehr irritierte.

Er konzentrierte sich wieder auf das Schiff. Ruhig lag es auf den Wellen, wiegte sich, und an seiner Steuerbordseite schaukelten die Taue wie lange Arme.

Es war ruhig geworden. Niemand sprach mehr. Beide lauschten auf das Klatschen der Wellen.

Dann passierte es.

Innerhalb eines Augenblicks war das rote Licht wieder da. Der Kreis befand sich unter Wasser und gleichzeitig über dem Boot.

»Es ist wieder da!« rief Suko.

»Ich weiß . . .« Bloch holte tief Luft und rang seine Hände. »Suko, der Tod hat uns eingeholt!«

Das wollte Suko nicht glauben, bis er merkte, daß es der unheimlichen Kraft sogar gelang, die Natur zu manipulieren. Das Wasser, das bisher so ruhig gewesen war, geriet in Bewegung.

Zuerst dachte Suko an ein normales Schaukeln, bis er

feststellen mußte, daß sich ihr Boot drehte, weil sich unter dem Kiel ein gefährlicher Strudel gebildet hatte.

Ein Strudel aus Wasser und rotem Licht! Wobei das Wasser auch anders aussah als sonst. Es war heller, durchsichtiger und doch rötlich.

Und mit Wesen, die aus der Tiefe des Meeres stiegen. Suko sah sie, während sich das Boot immer schneller um die eigene Achse drehte und Spritzwasser überschäumte.

Die Wesen aus der Tiefe – zunächst nur Schatten – stiegen schnell höher und wurden zu langen, bleichen Gestalten, wie Suko sie schon einmal gesehen hatte.

Skelette!

Damit rechnete er, wurde jedoch enttäuscht, als die ersten raketenartig aus dem Wasser stiegen und für einen kurzen Augenblick in der Luft schwebten.

Es waren keine Skelette, nur lange, gesichtslose Gestalten, denn wo sich die Gesichter eigentlich hätten befinden müssen, schaute Suko bei ihnen nur gegen eine teigige Masse ohne irgendwelche Sinnesorgane. Arme und Beine besaßen sie. Allerdings waren sie wesentlich länger als bei einem Menschen. Aus ihren Fäusten ragte etwas hervor, was dem Chinesen Furcht einflößte.

Lange Messer!

Klingen aus Stein, höllisch scharf und spitz. Suko dachte an die Verletzungen des toten Matrosen. Jetzt wußte er auch, woher sie stammten. Nicht von den Waffen irgendwelcher Templer, sondern von den scharfen Opfermessern der alten Atlanter.

Suko drehte sich, so gut es möglich war. Er zählte vier dieser Gestalten, die das Boot eingekreist hatten. »Duck dich!« schrie er dem Abbé zu, als die Wesen wieder eintauchten.

Bloch preßte sich flach gegen die Planken. Gerade noch rechtzeitig. Während sich das Rettungsboot immer schneller um die eigene Achse drehte, erschienen sie wieder.

Sie schnellten hoch wie Delphine im Becken, um nach der Beute zu schnappen.

Nur besaßen Delphine keine Messer, und sie wollten auch keine menschliche Beute.

Die hier schon.

Brutal stießen sie zu. Von allen vier Seiten gleichzeitig jagten die Steinmesser Suko entgegen. Die Arme der Bestien schienen aus Gummi zu bestehen, so lang waren sie plötzlich geworden. Suko blieb nur noch die Chance, sich ganz flach hinzulegen und so schnell wie möglich zu handeln.

Ein Messer erwischte ihn trotzdem. Wie eine scharfe Rasierklinge zerschnitt es die Kleidung an seiner rechten Schulter und hinterließ auch einen Riß in der Haut.

Der Schmerz war beißend, aber Suko gab so leicht nicht auf. Im Liegen zog er die Beretta. Wenn sie abermals erschienen, wollte er es mit geweihten Silberkugeln wenigstens versuchen.

Es kam anders.

Das Boot drehte sich zwar weiterhin im Kreis, gleichzeitig jedoch wurde es unterhalb des Kiels von einer fremden Kraft erfaßt und angehoben. Dann kippte es . . .

Hector de Valois und ich standen an der Reling und starrten in die Tiefe. Aus dem roten Kreis waren sie erschienen wie mordende Phantome. Sie jagten aus dem Wasser, in den Händen hielten sie lange Gegenstände, die ihre Opfermesser waren.

Den ersten Angriff überstanden Suko und der Abbé. Ich war sicher, daß sie einen zweiten kaum noch abwehren konnten. Bloch lag auf den Planken. Es war das Beste, was er hatte tun können, während Suko sich um die Verteidigung kümmerte.

Um Suko und dem Abbé beistehen zu können, hätte ich schon Flügel haben müssen.

Es ging um Sekunden, das wußte auch Hector de Valois. Bevor ich noch handeln konnte, hatte er bereits reagiert. Mit einem gewaltigen Sprung erreichte er das Schanzkleid, blieb nicht einmal für die Länge eines Herzschlages dort stehen, stieß sich dann ab und jagte wie ein langgestreckter silberner Pfeil im Halbbogen der Wasserfläche entgegen.

Er hatte den einzigen Weg genommen, den es für uns gab.

Auch ich bewegte mich jetzt, obwohl es mir persönlich vorkam, als würde ich im Zeitlupentempo laufen. Rasch enterte ich das Schanzkleid und sah das Skelett im Wasser wie einen schimmernden Fisch auf das Boot zuhuschen.

Sollte ich auch springen? Ich stieß mich ab, ohne lange zu überlegen. Die Arme hielt ich ausgestreckt. Die Haltung wäre vorbildlich gewesen, hätte sich zwischen meinen Händen nicht der Würfel befunden, gegen den ich die Handflächen preßte.

Dann tauchte ich ein.

Kalt kam mir das Wasser vor. Wie Leim, der mich umschlang und nicht mehr loslassen wollte.

Unter Wasser bewegte ich mich durch die Beine, drehte mich dabei der Oberfläche zu und tauchte auf.

Beinahe unbewußt hatte ich mir ausgerechnet, wo ich ungefähr hochkommen würde. Dabei hoffte ich natürlich, sehr nahe am Boot zu sein, möglichst innerhalb des Scheins, weil ich Suko und dem Abbé von dort am besten helfen konnte.

Ich schoß hoch wie der berühmte Korken, konnte aber nichts sehen, weil mir die Haare in die Stirn gerutscht waren. Ich schüttelte den Kopf. Die Wassertropfen flogen weg, meine Sicht war frei.

Und ich hatte den Würfel, der genau einem nach unten rasenden Messer im Weg stand.

Die Klinge raste hinein.

Im gleichen Moment explodierte die Mordgestalt vor meinen Augen in einem langen, roten Funkenregen, der im Halbbogen in die Höhe stieg und dann irgendwo im Wasser verschwand.

Ich hörte einen Schuß, sah Suko im Boot sitzen und mit der Beretta schießen.

Die Kugel drang in die Brust eines der Geschöpfe. Das Wesen tauchte weg und kam nicht wieder hoch. Ob es vernichtet war, konnte ich nicht sagen, jedenfalls erlebte ich das Skelett mit den Silberknochen, wie es einen der Gegner packte und mit dem eigenen Messer von unten bis oben auschlitzte.

Der Gesichtslose verging.

Ich schwamm auf das Boot zu, in das soeben Hector de Valois hineinkletterte.

Er schaffte es von allein, Suko streckte mir seinen rechten Arm entgegen. Ich ergriff die Hand und ließ mich an Bord ziehen. Das rote Licht war verschwunden, das Schiff ebenfalls, und als wir zum Himmel schauten, hatte der Mond seine blaßgelbe Farbe zurückbekommen.

Der Spuk war zerstört worden. Die normale Umgebung hatte uns wieder. Endlich . . .

Auch Abbé Bloch war es dank seiner Deckung gelungen, den Kampf unverletzt zu überstehen.

Anders bei Suko. Seine Wunde an der Schulter war so tief, daß wir sie verbinden mußten. Das Material fanden wir im Erste-Hilfe-Kasten. Natürlich gab es einiges zu erzählen. Als wir den Kurs wieder änderten und in Richtung Süden fuhren, hatten wir dafür Zeit.

Den ersten Angriff hatten wir überstanden. Der zweite aber, davon waren wir überzeugt, würde härter ausfallen.

Diesmal blieb das Glück auf unserer Spur. Irgendwann sahen wir trotz der Dunkelheit die Steilküste. Wir schafften es, mit List und Tücke, die gefährlichen Klippen zu umschiffen, fanden eine schmale Bucht, in der die Wellen sanft ausliefen, und konnte das Boot auf den Strand ziehen, der mit kleinen Steinen bedeckt war.

Ich führte den Abbé an Land. Suko hatte sich umgesehen und eine Höhle entdeckt.

In ihr versteckten wir uns. Auf dem harten Boden streckten wir uns aus.

Suko und ich schliefen sofort ein, denn wir wußten, daß wir mit Hector de Valois einen perfekten Wächter bei uns hatten.

Der andere Morgen!

Ein prächtiger, wunderbarer Sonnenaufgang, wie in einem Märchen oder einem Bilderbuch.

Nur wenige Stunden hatte ich geschlafen, doch so tief und fest, daß ich mir beim Erwachen richtig erholt vorkam. Auch Suko war schon aufgestanden, streckte sich und ging dorthin, wo sich der Höhleneingang hell und klar abzeichnete.

Sonnenlicht füllte ihn aus. Man hatte das Gefühl, nach Verlassen der Höhle eine andere Welt zu betreten.

Die Sonne wärmte trotz der frühen Stunde schon

recht ordentlich. Erst jetzt konnte ich richtig erkennen, wo wir gelandet waren.

Jedenfalls nicht in La Valletta. Zwar umgaben uns hohe Felsen, wie es auch nahe der Hauptstadt der Fall war, aber von einer Besiedlung war nichts zu sehen. Einsamer konnte Robinson auch nicht gestrandet sein.

Suko war am Boot gewesen und hatte es geleert. Er brachte Proviant und Wasser mit, das wir erst entsalzen mußten. Einen kleinen Spirituskocher hatte er ebenfalls aufgetrieben, und so konnten wir uns ein Frühstück zubereiten. Auch der Abbé hatte die Höhle verlassen. Er hockte auf einem Felsen, bewacht von Hector de Valois. Als ich ihm sagte, daß wir das Frühstück bereiten wollten, mußte ich selbst lachen. Aber irgendwo ist man schließlich Mensch, auch wenn man mit einem silbernen Skelett reist.

Bloch nickte. »Ich bin einverstanden, möchte dann aber wissen, welche Pläne sie noch verfolgen!«

»Wir müssen den Totentempel oder die Totentempel finden, um die Magie zu zerstören.«

»So hilflos, wie wir sind.«

»Das wird sich ändern. Sobald wir mit den Frühstück fertig sind, werden Suko oder ich versuchen, einen Ort oder eine Stadt zu erreichen, um dort einen fahrbaren Untersatz aufzutreiben.«

»Den können wir gebrauchen.«

»Wir werden sehen.«

Suko hatte sogar Kaffee kochen können. Der Duft wehte uns entgegen. »Ihr könnt etwas essen«, rief er.

Dunkles Brot und Corned beef aus der Dose gab es zu dem Pulverkaffee. Fast hätte man meinen können, wir hätten uns zu einem gemütlichen Picknick getroffen, doch die Zeiten würden sich ändern. Davon war ich fest überzeugt.

Unsere Gespräche drehten sich einzig und allein um die Zukunft. Wichtig war es, den Totentempel zu finden, in dem wir die alte Magie der Ureinwohner zerstören konnten.

»Wer könnte uns denn weiterhelfen?« fragte ich. »Wenn wir keinen Erfolg bei der Suche haben.«

Der Abbé hob die Schultern. »Wir sollten uns mit dem Abt eines Malteserklosters in Verbindung setzen.«

»Den kennst du?«

»Ja, wir hatten einige Male Kontakt miteinander. Die Malteserritter haben bis heute nicht vergessen, daß sie und die Templer Seite an Seite gestanden haben.«

»Aber die Ritter kamen nach den Templern«, warf ich ein.

»Offiziell schon. Wir hatten schon Kontakt zu ihnen, als sie sich noch Johanniter nannten, die Nachfolger des Heiligen Johannes. Das war weit vor der Übernahme dieser Insel durch die Malteserritter, deren Orden durch die Türken von Rhodos vertrieben wurde. Kaiser Karl der V. hat ihnen diese Insel geschenkt. Ihnen blieb nichts anderes übrig, als dieses Geschenk dankbar anzunehmen. In der Zeit von 1530 bis 1799 haben die Ritter des Heiligen Johannes ihre Paläste, Befestigungen und Kirchen gebaut. Malta wurde zum ›Schild Europas‹, der das Abendland vor Überflutung von Arabern und Türken bewahrt hat. Man kann den Rittern nur dankbar sein, denn sie haben die kleine Insel heroisch verteidigt und den Einfluß der Sarazenen zurückgedrängt, obwohl dieser sich sehr lange gehalten und auch in der Sprache der Malteser seinen Niederschlag gefunden hat. Noch heute vermischen sich arabische, sizilianische und auch englische Worte zu einem Wirrwarr zusammen, daß ein Engländer kaum versteht.«

»Das habe ich schon gehört. Die offizielle Sprache hier ist ja die englische.«

Wir aßen einige Dosen leer und tranken auch den von Suko gekochten Pulverkaffee.

Meine Uhr hatte die Abenteuer gut überstanden. Gegen neun, als die Sonne bereits auf die Felsen brannte, schlug ich vor, einen Ort zu suchen.

»Wer soll gehen«, fragte Suko.

»Wir losen.«

»Einverstanden. Ich nehme Zahl.«

Als ich die Münze hochwarf, hörten wir über uns Düsenjäger.

»Schade«, sagte Suko.

Ich hatte den Jägern nachgeschaut und drehte den Kopf. »Wieso?«

»Du hast gewonnen.«

Ich schaute auf die Münze. Sukos Pech oder auch nicht, denn ich wußte nicht, wie lange dieser Fußmarsch dauern würde.

»Die Gegend sehe ich mir aber mit dir zusammen an«, sagte mein Freund und erhob sich aus seiner sitzenden Haltung.

Abbé Bloch hielt uns noch auf. »Seht euch um, ob ihr etwas von meinen Getreuen entdeckt. Wir müssen damit rechnen, daß nicht alle ertrunken oder getötet worden sind.«

Suko stellte einen Fuß hoch. »Bisher ist überhaupt nicht sicher, ob sie ermordet wurden.«

»Ja, ich weiß . . .«

»Einigen wir uns darauf.« Suko sprach gegen das von einer dunklen Brille bedeckte Gesicht. »Wenn John unterwegs ist, um einen Leihwagen zu besorgen, werde ich die Küste absuchen. Die Aussicht ist ja gut.«

»Einverstanden.«

So malerisch die Bucht auch aussah, in der wir uns befanden, sie wirkte an einigen Stellen wie ein Gefängnis. Besonders dort, wo die Felsen kantig schroff und steil anstiegen. Einen normalen Weg, um dieses Gelände zu verlassen, gab es nicht. Wir mußten schon klettern. Ich hatte diesmal die Führung übernommen.

Sonnenstrahlen hatten das Gestein aufgeheizt. Mit den Fingern klammerte ich mich fest, fand genügend Spalten und Risse, wo ich mich abstützen konnte.

Schatten und helles Licht wechselten sich ab. Mein Koffer war mit dem Schiff untergegangen, die Sonnenbrille steckte noch in der Innentasche. Mit dem Taschentuch reinigte ich die feuchten Gläser.

Wir gerieten schnell ins Schwitzen. Je höher wir kamen, um so greller explodierte das Sonnenlicht. Der hellblaue Himmel über uns schwamm in Helligkeit.

Den Rest der Strecke konnten wir über einen kleinen Pfad hochsteigen. Wir hatten den Monat Juli, hoher Sommer, da machte sich in diesen Regionen die Farbe Grün sehr rar.

Unser Ziel war ein großes Plateau, an das sich das Hochland anschloß. Blickten wir nach Norden, so schimmerte die Weite des Meeres mit den Lichtreflexen auf der Dünung, als wären die langen Kämme mit zahlreichen Spiegeln verziert worden.

Die östliche Richtung war interessanter. Vor uns lag, vergleichbar mit einem Stilleben, eine gewaltige Stadt, die sich eigentlich aus mehreren Teilen zusammensetzte mit den Namen Floriana, Hamrun, Msida und Pietà. Soviel hatte ich vor Antritt der Reise nachgelesen. All die Orte und Vorstädte waren unter einen Namen vereinigt worden.

La Valletta – Maltas Hauptstadt.

Umgeben von Forts mit Namen Ricasoli, St. Angelo

und St. Michael, um nur einige zu nennen. Zwischen den einzelnen Halbinseln schimmerte das Wasser des Grand Habour. Zahlreiche Buchten umschlossen die Stadt ebenso wie die gewaltigen Mauern, die noch aus der Hochblütezeit des Johanniterordens stammten.

Helle Bauten, aus mächtigen Steinen zusammengefügt und mit arabischen sowie europäischen Elementen vermischt, wobei die beiden Stilrichtungen meiner Ansicht nach harmonierten.

Suko nickte. »Irgendwie grandios – oder?«

»Ja.«

»Wie weit mußt du wohl laufen?«

Ich hob die Schultern. »Vielleicht fünf Meilen, aber keine Sorge. Ich finde jemand, der mich mitnimmt. Straßen führen schließlich genug auf La Valletta zu.«

»Okay, dann mach's mal gut.« Mein Freund schlug mir auf die Schulter. »Wir warten auf dich. Ach so, was willst du für einen Wagen besorgen?«

»Einen geräumigen!«

»Gut.«

Ich machte mich auf die Socken. Die ersten 500 Yards nahm ich noch locker hin. Dann machte sich die Hitze doch bemerkbar. Zudem fand ich nirgendwo Schatten. Ich sah weder die Zitronen- noch die Orangenhaine, nur Felsen, Steine und manchmal vertrocknet aussehendes Gras.

Der Himmel kam mir vor wie aus Glas geschaffen. Die den Hafen anlaufenden Schiffe wirkten so, als würden sie geschoben.

In Malta wird links gefahren. Ich brauchte mich also nicht umzustellen. als ich eine Landstraße erreicht hatte, legte ich eine kurze Pause ein. Der aufgewirbelte Staub hatte sich noch nicht gesenkt, für mich ein Zeichen, daß die Straße auch befahren war.

Ich lief sie in Richtung La Valletta. So steinig und verbrannt war die Insel nun auch nicht. Einige große Drachenbäume spendeten Schatten. Neben der Straße wuchsen auch gewaltige Gummibäume, natürlich Palmen und dazwischen dorniges Gestrüpp.

Dann hörte ich ein Auto hinter mir. Ich stellte mich mitten auf die Straße und winkte. Ein klappriger Lastwagen mit offener Ladefläche bewegte sich auf mich zu. Der Fahrer gestikulierte mit beiden Händen, und als ich nicht wegging, stoppte er. Wie ein Irrwisch verließ er das Führerhaus. Er war klein, schwarzhaarig und wendig. Es sah so aus, als wollte er mir an die Kehle springen. In seiner Heimatsprache, von der ich nur Wortfetzen verstand, redete er auf mich ein, zeigte auf den Wagen, auf mich und auf die Straße.

»Können Sie mich mitnehmen?«

»Wohin?« Jetzt sprach er Englisch.

»Nach La Valletta.«

Er schaute mich an. Ich hielt ihm eine Pfundnote entgegen. Die grapschte er sich und wurde mehr als freundlich. Ich durfte einsteigen und an seiner Seite Platz nehmen. Aus dem Radio dudelte Popmusik, er pfiff den Schlager mit, stellte 100 Fragen, wobei er höchstens zwei Antworten bekam, was ihm nichts weiter ausmachte.

Wir hatten schon die Vororte der Stadt erreicht, dann schaffte ich es, ihm die wichtige Frage zu stellen. »Wo kann ich mir denn ein Auto leihen? Das muß es hier geben.«

»Ja, natürlich. Soll ich Sie hinbringen?«

»Das wäre nett.«

»Gut, wir fahren.«

Hatte das Land auch beim ersten Überblick einen ziemlich verlassenen Eindruck gemacht, so änderte sich dies, als wir nach La Valletta kamen. In dieser lebendigen Hafenstadt gab es breite, alleeartige Straßen, Plätze mit prächtigen Bauten, Bürgerhäuser, Klöster, Paläste. Der Orden war reich gewesen und hatte dies auch nach außen hin dokumentiert.

In den Straßen lebte der Verkehr. Man fuhr nicht zurückhaltend englisch, zwar links, aber die Attribute glichen denen der Südländer. Fasziniert war ich auch von einem Fischerhafen, den wir passierten. Im Becken dümpelten die farbenprächtigen Boote.

Nicht weit entfernt lagen Industriebauten, Soldatencamps und unser Ziel. Am Beginn einer schmalen Gasse stoppte mein Fahrer sein Vehikel. »Hier lasse ich Sie raus. Sie gehen die Gasse bis zum Ende, an der linken Seite finden Sie es.«

»Danke.«

»Und gute Fahrt.« Aus dem offenen Fenster winkte mir der Knabe noch einmal zu.

Ich stand wirklich am Beginn einer Gasse, ging an einem uralten Morris vorbei und freute mich darüber, daß es zwischen den Wänden angenehm kühl geblieben war. Die Gasse war zum Meer hin gebaut, wirkte wie ein Kanal, durch den meist nur der Wind fuhr.

Die Bauten standen dicht an dicht; jedes Haus sah anders aus. Balkone und Erker gehörten immer dazu. Die meisten Balkone waren mit Holz umbaut worden, besaßen Fenster, und zeigten einen bunten Anstrich.

Blau, grün rot und türkis leuchteten Türen und Balkone. Die Farben unterbrachen das einerlei der gelbbeigen Sandsteinmauern.

Bunte Wäschestücke hingen an den Leinen. Dies erinnerte mich an Italien. Ebenso wie manche nicht verglasten und umbauten Gitterbalkone.

Daß hier ein Autoverleih seine Niederlassung haben

sollte, konnte ich mir kaum vorstellen. Andere Geschäfte sah ich wohl. Kleine Läden, einen Bäcker, einen Friseur, zwei Kunstschmiede und einen Metzger, der im Schaufenster stand und Fleisch auslegte, wobei er mir zugrinste.

Ich ging dorthin, wo es heller war und die Sonne mehr Platz bekam. Wahrscheinlich mündete die Gasse in einen kleinen Platz, der nicht zu streng bebaut war.

Auch stieg sie an. Unmerklich fast, aber stetig. Kinder kamen mir entgegen. Frauen schauten mich an. Alte Männer hockten vor den Häusern und redeten miteinander. Vier Jungen schafften es noch, in der Gasse Fußball zu spielen. Zudem wehte mir der Wind Essensgerüche in die Nase, und sogar ein Lastwagen kam mir entgegen. Es war ein Wunder, daß er nicht die vorstehenden Balkone abriß.

Das Ende der schmalen Straße kam urplötzlich. Ich hatte mit meiner Vermutung recht behalten. Vor mir lag ein Platz, bedeckt mit roten und grauen Pflastersteinen, mehreren Gullys und von Häusern umrahmt, die nicht zu den historischen Bauten gehörten.

Moderne Geschäftsfassaden inmitten der alten Gassen. Mich interessierten nicht die Modeläden oder der Supermarkt, ich suchte den Autoverleiher und fand ihn auch.

Gegen die blaue Schrift über dem Schaufenster fiel das Sonnenlicht.

Ich überquerte den Platz und betrat den Laden, in dem es angenehm kühl war und mich eine junge, dunkelhaarige Frau in weißer Bluse und blauem Rock fragend anlächelte.

Ich stützte beide Hände auf die Theke und erkundigte mich nach einem Leihwagen.

»Gern, Sir. Welches Modell darf es sein?«

»Ich brauche einen etwas größeren, dabei dachte ich an einen Geländewagen.«

Das Lächeln der Frau verschwand. Ihr Gesicht bekam einen bedauernden Ausdruck. »Es tut mir leid, Sir, aber diese Wagen sind unterwegs. Wenn sie heute abend vielleicht . . .«

»Das ist mir zu spät.«

Sie hob die Schultern.

»Ist denn etwas Ähnliches frei?«

Die Dame brauchte nicht erst nachzuschauen, sie hatte die verleihbaren Modelle im Kopf. »Ja, hier hätte ich einen VW-Bus. Er ist leider etwas älter, acht Jahre, aber noch in Ordnung.«

»Kann ich das Fahrzeug sehen?«

»Gern, wenn Sie mir folgen würden?«

Wir verließen das Büro durch einen Hinterausgang und erreichten einen Hof, wo die Autos standen. Die meisten nicht in der prallen Sonne. Sie hatten unter dem Dach eines großen Carports ihre Plätze gefunden. Der VW-Bus stand außen. Auf seiner hellblauen Karosserie lag ein Film aus Staub. »Wenn Sie mit ihm zufrieden sind, Sir? Wie gesagt, in Ordnung ist er.« Die Angestellte hatte die Schlüssel in der Hand.

Sie schaute mich fragend und gleichzeitig skeptisch an. Ihr Gesicht war makellos. Es zeigte ein perfektes Make-up, das ein Alter begraben konnte.

Ich schloß auf, schaute mir den Wagen von innen an, danach von außen. Die Reifen waren in Ordnung, mit dem Profil konnte man zufrieden sein.

»Wollen Sie denn einen Ausflug ins Innere der Insel machen?« erkundigte sie sich.

»Das hatte ich vor.«

Sie lächelte. »Wenn sie nicht gerade über Steilhänge rasen, kommen Sie immer durch.«

»Wie sieht es überhaupt mit Straßen aus?« fragte ich.

Sie hob die Schultern. »Nun ja, Motorways werden sie vergeblich suchen. Wir haben Haupt- und Landstraßen.«

»Mich interessieren die alten Tempel und Kultstätten der Ureinwohner, wissen Sie?«

»Ah ja. Keine Sorge, Mister. Zu alle diesen Attraktionen führen Straßen oder Wege hin.«

»Danke, das wollte ich wissen.«

»Wie zahlen Sie?«

»Mit der Karte.«

Eine Kaution brauchte ich nicht zu hinterlegen, die Kreditkarte wurde akzeptiert. Ich unterschrieb, die Angestellte wünschte mir noch eine gute Fahrt und erklärte, daß der Wagen aufgetankt war.

Dann fuhr ich los. Der Motor am Heck machte einen Heidenlärm im Vergleich zu den modernen Motoren. Ich hatte einen Stadtplan gefunden und orientierte mich zunächst.

Erst einmal mußte ich raus aus La Valletta. Das war leichter gesagt als getan. Im Wirrwarr zahlreicher Straßen verfuhr ich mich und hing plötzlich in Hafennähe fest. Vor und hinter mir dröhnten Hupen, es half alles nichts, der Stau war da.

Ich stieg aus und schaute nach dem Grund. Ein Militärtransporter hatte eine Kurve nicht ganz geschafft und die Wand eines Hauses gerammt. Das konnte dauern.

Vor Ärger bekam ich feuchte Hände, denn ich dachte auch an Suko, Hector de Valois und den Abbé. Sie würden voller Ungeduld auf meine Rückkehr warten.

Nach einer halben Stunde konnten wir endlich fahren. In der Zwischenzeit hatte ich mir einen Weg eingezeichnet, den ich nehmen mußte, um aus der Stadt herauszukommen. Über eine lange Steinbrücke rollte ich in Richtung Osten und auch vorbei an den Bauten der Johanniter, deren Orden überlebt hatte, im Gegensatz zu den Templern, die offiziell im Jahre 1312 der Geldgier Philipps des Schönen von Frankreich zum Opfer gefallen waren und von denen sich dann Restgruppen in alle Welt zerstreuten.

Auch auf Malta hatten einige Schutz gefunden und das Geheimnis der Ureinwohner gelüftet.

In die gleißende Hitze rollte ich hinein, auch in den Staub, in die Wüste aus Steinen und Sonnenlicht.

Ich hatte Zeit, mir die Landschaft anzuschauen. Trotz des realtiv wenigen Grüns besaß die Landschaft ihren eigenartigen Reiz. Die hellen Farben, das wunderbare Licht, die weiten Mulden, in denen ich Bauernhöfe sah, die angelegt waren wie kleine arabische Festungen, das alles zeugte von einer interessanten Geschichte dieser Insel zwischen Orient und Okzident.

Ich fand den Weg zurück, sah sehr bald schon mir bekannte Geländeformationen und hielt auf dem Plateau an.

Suko mußte den Motor des Wagens gehört haben. Als ich ausstieg, kam er mir schon entgegen.

»Du hast lange gebraucht, Alter.«

Ich wischte Schweiß aus dem Gesicht. »Das stimmt, es war nicht einfach. Der Wagen müßte reichen.«

»Okay, ich hole die anderen.«

Wir waren glücklicherweise unbeobachtet. So sah auch niemand, wie wenig später ein silbernes Skelett in den VW-Bus kletterte.

Der Abbé lächelte mir zu. »Unser nächstes Ziel wird uns nicht nach La Valletta führen. Wir werden einen Freund von mir besuchen.«

»Wie heißt das Kloster?«

»Es ist ein alter Stützpunkt der Johanniter. Ein Turm an der Ostküste. Hast du eine Karte?«

»Ja.« Ich faltete sie auseinander und breitete sie auf meinen Knie aus.

»Marsaskala siehst du?«

»Richtig.«

»Da müssen wir hin.«

Ich rechnete die Entfernung nach. Sehr weit war es nicht. Ungefähr zehn Meilen.

»Willst du fahren?« fragte Suko.

Ich schlug auf den Kopf des langen Schaltknüppels. »Ja, ich habe mich einmal an den Wagen gewöhnt.«

»Okay.«

Über eine Landstraße rollten wir entlang der maltesischen Küste unserem Ziel entgegen. Gleichzeitig fuhren wir auch in die Einsamkeit. Die Autos, die uns begegneten, konnten wir an den Fingern einer Hand abzählen. Dafür allerdings kamen uns des öfteren Esel- und Pferdegespanne entgegen, umhüllt von dichten Staubfahnen.

Da wir in der Höhe blieben, war auch immer das Meer zu sehen. Ein blaugrüner wogender Teppich, der in die Unendlichkeit zu reichen schien. Hin und wieder tanzten Boote auf den Wellen, ansonten brach sich nur das grelle Licht der Sonne auf dem Wasser.

Eine Zitronenplantage wirkte wie eine herrlich grüne Oase inmitten einer staubigen Schüssel. Das Haus des Plantagenbesitzers erinnerte mich an ein Schloß aus vergangener Zeit.

Aus langen Leitungen spritzte Wasser in hohen, bogenartigen Fontänen. Die Landstraße senkte sich dem Ufer entgegen. Ihre Ränder waren nur wenig bewachsen, und wenn, sahen wir dorniges, verstaubtes Gebüsch. Keine Palmen, keine Drachenbäume oder

Agaven. Über der Gegend lag eine brütende Stille. Wir hatten längst späten Mittag, da war sowieso niemand unterwegs, nur wir hockten in dieser Blechkiste und schwitzten um die Wette.

Eine kleine Stadt erschien in unserem Blickfeld. Es war Marsaskala. Helle Häuser, wenige Straßen, dazwischen das dicht wirkende Grün der Bäume und Bepflanzungen.

Die Stadt lag wie ausgestorben unter den heißen Strahlen der brennenden Sonne.

Wir umrundeten sie und fanden nahe der Küste eine schmale Straße der dritten Ordnung, die uns zum Ziel brachte. Staub und Steine malträtierten Mensch und Wagen.

Wer hier einen Stützpunkt gebaut hatte, der wollte wirklich mit der restlichen Welt nichts zu tun haben.

Schon bald sahen wir die Mauern, die von einem hohen Wehrturm überragt wurden. Von der Spitze des Turms fiel der Blick weit über das Meer. Wir wollten dort hin und mit dem Freund des Abbé reden.

»Wie heißt denn dein Bekannter?« fragte Suko.

»Er nennt sich Salazar.«

»Und er leitet das Kloster?«

»Ja.«

Der blinde Abbé schüttelte den Kopf. »Leider sind nur noch wenige Mönche bereit, dieses Leben in dem Kloster hier zu ertragen. Es stirbt allmählich aus.«

»Was machen die Männer denn? Womit beschäftigen sie sich?« hakte Suko nach.

»Sie forschen.«

Der Abbé war einsilbig geworden. Ich hatte noch eine Frage. »Was machen wir mit Hector?«

Suko war dafür, ihn im Wagen zu lassen.

Ich stimmte zu, auch der Abbé hatte nichts dagegen.

Er wollte seinen Bekannten nicht erschrecken.

Vor einem Tor hielt ich an. Die den Innenhof und die Gebäude umgebenden Mauern waren sehr alt. Man hatte Stein auf Stein gesetzt, allerdings keine großen Quader, sondern mehr flache Steinstücke, die mich an Platten erinnerten.

Darüber wunderte ich mich laut. Der Abbé wußte eine Erklärung. »Diese Anlage ist bewußt so gebaut worden. Man hat sich an den Kultstätten und Tempeln der Ureinwohner orientiert und ahmte ihre Bauweise nach. Es hat geklappt.«

»Das stimmt, obwohl du sie nicht sehen kannst.«

»Ich würde hupen, John«, schlug der Abbé vor.

Dreimal drückte ich auf den Ring. Das Signal unterbrach die friedliche Stille, die über dem Bauwerk lag. Selbst das Rauschen des Meeres kam mir leiser vor. Zudem befanden wir uns an einer der wenigen Stellen der Insel, die keine Steilküste aufwies. Zum Wasser hin mündete das Gelände in einen Strand, dessen Sand im Sonnenlicht gleißte.

Jemand öffnete das Tor. Wir sahen die Person nicht, aber sie besaß die Kraft, um das aus dickem Holz gebaute Eingangstor zurückzuschieben. Wir hatten freie Fahrt.

Wenig später rollten wir in den gepflasterten Innenhof. Das Tor wurde wieder geschlossen, wie ich im Rückspiegel erkannte. Ich sah auch den Mönch, der ein langes Gewand trug und zum Schutz gegen die Sonne die Kapuze übergestreift hatte.

»Endlich aussteigen«, sagte Suko und öffnete die Tür. Er verließ auch als erster den Wagen, um dem blinden Abbé aus dem Fahrzeug zu helfen. Ich schaute noch immer in den Außenspiegel.

Der Mönch oder was immer er sein mochte, näherte

sich unserem Wagen mit langsamen, ungewöhnlich schleppenden Schritten, als wäre er kaum noch in der Lage, sich auf den Beinen zu halten. Wahrscheinlich hatte ihn das Öffnen des Tores zu sehr angestrengt. Hinzu kam die Sonne, die in den Hof brannte und die Steine noch weiter aufheizte. Auf ihnen konnte man schon kochen.

Suko half dem Abbé ins Freie. Hector de Valois blieb im Wagen. Ich wollte nicht, daß man ihn zu früh sah.

Ich schloß die Tür und ging auf den Mönch zu. In jeder Hautfalte klebte der Schweiß, ebenso wie in der Kleidung. Alles war naß. Ich sehnte mich nach einem Bad, sah nur den alten Brunnen, der wie ein Zylinder aus Stein vom Boden hochragte.

Der Mann ging noch immer sehr schleppend. Er schien jeden Augenblick schlappzumachen.

Ich lief ihm entgegen. Meine Füße hämmerten über das Pflaster. Die Echos begleiteten mich.

Es war unerträglich heiß. Die Gestalt – so glaubte ich – verschwamm vor meinen Augen. Eine unwirkliche Welt, in die wir hineingebrochen waren. Dann war ich bei ihm.

Er blieb stehen. Unter dem Rand der Kapuze sah ich ein bleiches Gesicht. Der schmerzverzerrte Mund wirkte darin wie eingemeißelt. Plötzlich öffnete er ihn. Blut schoß heraus . . .

Ich war so überrascht, daß ich zur Seite ging, im letzten Augenblick den linken Arm noch ausstreckte und den Mann so abfangen konnte. Schräg blieb er auf der Stütze liegen. Mein Blick fiel auf seinen Rücken. Jetzt war mir klar, weshalb Blut aus seinem Mund geströmt war. Im Rücken steckte ein Messer. Die Klinge war nicht zu sehen. Der Griff endete dort, wo die Kleidung begann.

Ich stand starr und dachte, einen Traum zu erleben. Der Mann hatte sich wie durch ein Wunder noch so lange auf den Beinen halten können, bis wir kamen.

Jetzt war es vorbei.

»John . . .« Sukos Ruf wehte mir entgegen. Ich gab keine Antwort. Dann hörte ich schnelle Schritte.

Sekunden später stand Suko neben mir. Er atmete schwer, sein Gesicht glänzte, die Augen zeigten einen erschreckten und überraschten Ausdruck. »Das . . . das darf doch nicht wahr sein!« keuchte er. »Sag, daß es nicht stimmt. Eine Fata Morgana . . .«

»Es ist wahr, Suko.«

Wir schauten uns an. Dann glitt Sukos Blick zur Seite und über die Fassaden der Bauten, die den Innenhof einrahmten. »Ich helfe dir tragen«, flüsterte er.

Gemeinsam schafften wir den Mann in den schmalen Schatten einer Mauer. Direkt unter einer Fensterluke legten wir ihn nieder. Ich fühlte nach Herz- und Pulsschlag.

Da war nichts zu machen. Vor uns lag ein Toter, dessen glasigen Blick ich nicht mehr ertragen konnte. Deshalb drückte ich ihm die Augen zu.

»Es ist wohl müßig, John, dich nach einer Erklärung zu fragen – oder?«

»Das glaube ich auch. Ich habe nur das Gefühl, daß man uns zuvorgekommen ist.«

Mein Freund nickte und schaute dann dorthin, wo der blinde Abbé neben dem VW-Bus stand. Er wirkte wie verloren. Die Sonne brannte auf seinen ungeschützten Kopf nieder.

»Ich hole den Abbé.«

»Ja, tu das.«

Suko kam mit ihm zurück. Bevor sie die Schatten erreichten, hörte ich Blochs Stimme. »Ich habe gespürt, daß etwas Schreckliches passiert sein muß.«

Ich richtete mich auf. »Wir haben einen Toten hier. Der Mann, der uns das Tor öffnete. Als er es tat, steckte der Dolch bereits in seinem Rücken. Er hatte sich mit letzter Kraft noch auf den Beinen halten können. Eine Erklärung habe ich nicht.«

Der Abbé nickte langsam, als hätte er die Antwort schon parat, wollte aber noch einmal nachdenken. »Wir sind zu spät gekommen«, sagte er. »Sie haben die Bastion bereits im Griff.«

»Wen meinst du?«

»Die Atlanter. Die verfluchte Gruppe, die überlebt und sich diese Insel als Ziel ausgesucht hat. Mit ihr haben wir es zu tun. Sie kennt kein Pardon. Jeder muß sterben, der hinter ihr Geheimnis kommt.« Bloch hob die Schultern. »Ich habe gedacht, daß wir es schaffen könnten, sie zu retten. Leider war es nicht möglich.«

Ich strich über mein Haar. Er war heiß. »Wenn ich deine Worte recht verstanden habe, können wir davon ausgehen, daß niemand aus dem Kloster überlebt hat.«

»Vielleicht.«

»Und Salazar?« erkundigte sich Suko.

»Ihn werden sie sicherlich zuerst getötet haben.« Der Abbé atmete fast stöhnend. »Es tut mir leid, daß es so gelaufen ist. Ich hätte es mir anders gewünscht.«

Das hätten Suko und ich auch. Nur konnten wir die Augen vor den Tatsachen nicht verschließen. »Wenn die Magie der Ureinwohner oder sie selbst hier sind, werden wir sie auch finden, darauf kannst du dich verlassen.«

»Vielleicht ist die Zeit günstig.«

»Weshalb?«

»Noch steht der Blutmond nicht am Himmel. Wenn er seinen roten Schein wirft, schmelzen die Grenzen zwischen den Zeiten, das kann ich euch versprechen.«

Suko sagte: »Ich würde vorschlagen, daß wir uns das Kloster von innen anschauen.«

»Lassen wir Hector im Wagen?« fragte der Abbé.

Wir waren dafür.

»Er wird schon wissen, was er zu tun hat. Außerdem merkt er, wenn sich etwas zusammenbraut.«

Auch die Bauweise der Klostergebäude war denen der Ureinwohner angepaßt. Steine waren ohne Mörtel zusammengefügt worden.

Erst jetzt, wo die Spannung bei mir etwas nachgelassen hatte, spürte ich den gewaltigen Durst. Meine Mundhöhle war so trocken, daß ich beim Sprechen schon Schwierigkeiten bekam. Ich brauchte unbedingt einen Schluck Wasser.

Die sehr schlicht gehaltenen Bauten konnten durch mehrere Eingänge betreten werden. Man hatte auch Platz für Fenster gelassen. Kleine, quadratische Öffnungen, kaum größer als Schießscharten. Sie ließen nur wenig Wärme durch.

Suko hatte sich die größte Tür ausgesucht. Der Abbé blieb an meiner Seite. Er ließ sich von mir führen.

Das Türholz war von der Hitze ausgetrocknet worden. Vor ihr lagen einige Steine, die zusammenrutschten, als wir sie betraten, da sie glatt wie Kiesel waren.

Der Inspektor drückte die große Klinke nach unten. Sie bestand aus schwerem Gußeisen. Er mußte schon Kraft aufwenden, um die Tür aufzuschieben.

Sie kratzte über den Boden. Staub und kleinere Steine hatten sich auf die Fliesen gelegt. Braune, rote und gelbe Farben bildeten ein für die Augen verwirrendes Bild.

Wir betraten sehr angespannt und wachsam einen hallenartigen Raum, in dem uns die Kühle begrüßte wie lang ersehnte Gäste. Es tat unwahrscheinlich gut, sie zu spüren. Sie streichelte unsere Gesichter, drang durch den offenen Kragen unter die Kleidung und glitt über unsere Körper.

Der hallenartige Raum lag im Halbdunkel. Die Fenster ließen wegen ihrer Größe keinen starken Lichteinfall zu. Einige Streifen zeichneten sich auf dem Boden ab. Im Sonnenlicht tanzten unzählige Staubkörper in einem verwirrenden Muster.

Suko hatte die Tür geschlossen. Er folgte uns. Der Abbé und ich waren stehengeblieben. Mein Blick durchstreifte den großen Raum, und ich wunderte mich, daß ich keinerlei Gegenstände sah. Er wirkte wie leergeräumt. Über meinen Rücken rann ein Frösteln. Ob es an der Kühle lag oder an der ungewöhnlichen Stille, konnte ich nicht sagen. Wahrscheinlich traf beides zu.

»Es ist leer, nicht?« fragte der Abbé. Er hatte so laut gesprochen, daß seine Stimme hallte.

»Ja.«

»Ich spürte es. Niemand empfing uns. Wir müssen davon ausgehen, daß sie auch nicht mehr kommen werden.«

»Dabei hattest du auf Salazar all deine Hoffnungen gesetzt?«

»Vielleicht können wir ihn noch begrüßen. Ansonsten ist diese Stätte dem Tod geweiht. Sie wartete auf den Blutmond.«

»Eine Frage habe ich, Abbé. Weshalb hast du uns ausgerechnet hierher geführt? Hat der Ort eine magische oder historische Bedeutung?«

Bloch nickte mir zu. »Ja, er besitzt eine historische

Bedeutung. Er ist ein außergewöhnlicher Flecken Erde. Hier haben die Templer gelebt, begreift ihr? Hier haben sie ihren Stützpunkt gehabt, hier sind sie dem Geheimnis auf die Spur gekommen. Vielleicht haben sie ihr Wissen an die Johanniter weitergegeben. Deshalb hat der Orden darunter leiden müssen. Ich kann nur raten.«

»Wir sollten uns die Örtlichkeiten genauer anschauen«, schlug Suko vor. »Besonders interessiert es mich, ob Salazar noch lebt.«

»Vielleicht findet ihr ihn im Turm. Es gibt dort oben, wie ich weiß, einen Raum, der nur dem Abt des Klosters zustand. Wenn es eine Chance gibt, mehr über Salazars Schicksal zu erfahren, dann da oben.«

»Gehen wir gemeinsam?«

»Nein, John, der Weg ist mir zu beschwerlich. Ich möchte hier unten bleiben und auf euch warten.«

»Denkst du auch an die Mörder, Abbé?«

»Ja, aber ich kann mich auch wehren. Deshalb solltest ihr euch um mich keine Gedanken machen. Ich besitze den Würfel. Er verleiht mir Kraft und Macht.«

Wir waren skeptisch, kannten den Abbé allerdings lange genug, um zu wissen, daß wir ihn nicht umstimmen konnten, wenn er einmal einen Plan gefaßt hatte.

Er lächelte. »Keine Sorge, ich verlasse mich auf den Würfel und auf Hector de Valois. Er wird, wenn es nötig ist, meinen Ruf schon hören. Gott sei mit euch, Freunde!«

Die Worte hatten sich zwar angehört wie ein Abschied, doch es sollte für mich keiner sein.

Wir kannten die Anlage bisher nur von außen, die Halle einmal ausgenommen. Anhand der Bauweise glaubten wir, daß es zwischen den einzelnen Häusern Verbindungsgänge gab, demnach gingen wir davon aus, daß ein weiterer Gang existierte, der uns zum Turm führte.

Diesmal übernahm Suko die Führung. Wir fanden einen Durchlaß, gerieten in einen weiteren leeren Raum mit nur zwei Fenstern. Durch eines fiel das Sonnenlicht als scharf gebündelter Streifen direkt auf eine Nische, an deren Hintergrund wir schwach die Stufen einer in die Höhe führenden Treppe erkannten.

Suko tauchte in die Nische ein. Er schaute hoch. »Das ist der Turm, John.« Seine Stimme hinterließ einen hohlen Klang. »Ich kann auch Fenster erkennen, durch die Tageslicht fällt.«

»Sonst nichts?«

»Nein!«

Als ich in die Nische eintauchte, hatte Suko bereits die ersten Stufen hinter sich gelassen. Ich folgte meinem Freund über die alte, ausgetretene Steintreppe, die beide Wände rechts und links miteinander verband.

In dem Turm herrschte eine ungewöhnliche Atmosphäre, die sich meines Erachtens aus zwei Dingen zusammensetzte.

Einmal war es das Wechselspiel zwischen Wärme und Kühle. Jedesmal, wenn wir an einer der Fensterluken vorbeischritten und die Sonnenstrahlen uns erwischten, brannten sie sich auf unserer Haut fest. Wenig Schritte weiter umgab uns wieder die Kühle, die zudem noch einen anderen Geruch mit sich brachte.

Stickige Luft, verbraucht schmeckend, nach Altertum und Feuchtigkeit riechend, aber auch staubdurchflort, der sich auf unseren schweißnassen Gesichtern festsetzte wie eine graue Schicht.

Ein Geländer war nicht vorhanden. Ohne Stütze stiegen wir höher. Hin und wieder glitten unsere Blicke durch die Fenster. Sie waren der Seeseite zugewandt, wir schauten über die blaugrüne wogende Fläche mit der langen Dünung, die es schaffte, bei einem Menschen das Gefühl von Fernweh aufkommen zu lassen.

Auch ich verspürte diesen Wunsch, unterdrückte ihn jedoch sehr bald und ging weiter.

Noch zwei Kehren, so hatten wir uns ausgerechnet, dann mußten wir das obere Ende des Turms erreicht haben.

Suko blieb stehen und schaute zurück.

»Hast du was?« Ich wunderte mich über seinen angespannten Gesichtsausdruck.

Er nickte. »Mir war, als hätte ich eine Stimme gehört. Oder vielmehr ein Klagen und Seufzen.«

»Geh weiter.«

Den letzten Rest legten wir sehr vorsichtig zurück. Ich hatte das Kreuz in die rechte Tasche gesteckt, um es schnell hervorholen zu können, wenn es nötig war.

Die Treppe mündete direkt im oberen Geschoß des Turms, wo sich die Person aufhielt, auf die wir gehofft hatten. Es mußte einfach der von Abbé Bloch erwähnte Salazar sein.

Wir hatten uns darauf eingerichtet, einen Toten zu sehen. Jetzt konnten wir aufatmen, denn der Mann, der seinen Platz auf einem thronartigen Stuhl gefunden hatte, lebte. Er trug ein helles Gewand, auf dessen Vorderseite das Kreuz der Malteser-Ritter in einem hellen Rot schimmerte.

Ich kannte das Templer-Kreuz, das aussah wie ein eckiges Kleeblatt. Wenn man dieses verformt, die beiden Seiten spitz zulaufen ließ, so daß sie die Spitze eines Dreiecks bildeten und die Grundlinie noch einmal in der Mitte nach innen winkelte und diese vier gleichen Teile zusammenfaßte, war das Malteser-Kreuz perfekt.

Mein Blick fuhr über das lange Gewand des Mannes hinweg und hoch zum Gesicht. Salazar war schon älter. Das Haar umhing seinen Kopf schlohweiß. Die Haut war vom Lebensalter gezeichnet, der Mund wirkte verkniffen, die Augen besaßen einen müden Ausdruck. Durch die eingefallenen Wangen stach die etwas gekrümmte Nase noch stärker hervor, so daß Salazars Gesicht Ähnlichkeit mit dem eines alten Raubvogels bekam.

Er sagte nichts. Seine Hände hatte er übereinandergelegt. Der Blick der müden Augen wechselte zwischen Suko und mir. Endlich nickte er uns zu. »Ihr seid da«, begrüßte er uns mit rauher, flüsternder Stimme. »Aber ihr seid zu spät gekommen, viel zu spät . . .«

Wir ließen seine Worte wirken. Erst nach einer Weile gaben wir ihm die Antwort, die aus einer Frage bestand. »Weshalb sind wir zu spät gekommen?«

»Junger Freund«, flüsterte mir Salazar zu. »Hinter diesen Mauern lauert der Tod. Sie alle sind gestorben. Sie haben dem Blutmond Tribut zollen müssen. Nur ich – ich lebe. Und auch für mich ist es eine Frage der Zeit, wann mich der Tod ereilen wird . . .«

Abbé Bloch hatte den verklingenden Schritten seiner beiden Freunde nachgelauscht. Er kannte John Sinclair mittlerweile sehr gut und glaubte fest daran, daß sie den Weg in den Turm finden würden. Ob sie dann allerdings etwas erreichten, war fraglich. Sie hätten früher kommen müssen, jetzt waren die alten Kräfte des Blutmonds einfach zu stark geworden. Was die Jahrtausende überdauert hatte, ließ sich nicht so ohne weiteres aus der Welt schaffen, das wußte auch der Abbé.

Da er nicht länger auf einer Stelle stehenbleiben

wollte, nahm er seine Wanderung auf. Mit schleppenden Schritten ging er auf und ab, durchmaß die Halle in alle Richtungen und konzentrierte sich auf das, was er den Geist oder die Atmosphäre nannte.

Bloch glaubte fest daran, daß innerhalb dieser Mauern das Böse aus alter Zeit lauerte. Nur hielt es sich versteckt, verborgen in uralten Kellern oder hinter dicken Wänden, die keines Menschen Auge durchdringen konnte, denn die Steine schwiegen.

Sie saugten die Angst, die Hoffnungen und das Blut der Menschen auf, wenn diese in die furchtbare Falle gelaufen waren. Man konnte hier allein sein und war es trotzdem nicht.

Etwas lauerte im Unsichtbaren und würde sich auch hüten, hervorzubrechen.

Die Hände des Abbés umklammerten den Würfel. John Sinclair hatte ihm den Namen *Würfel des Heils* gegeben, sein Duplikat, das sich in den Händen des Spuks befand, war der *Würfel des Unheils*. Beide jedoch ließen sich manipulieren. Sie waren abhängig von ihrem jeweiligen Träger. Wenn der Besitzer des negativen Würfels es für richtig hielt, konnte er das Grauen freigeben und Welten vernichten.

Daß es dazu nicht kam, lag allein an der Gegenkraft des zweiten Würfels, der sich in den Händen des Abbés befand. Er war ein Hüter und würde es bis zu seinem Tod auch bleiben.

Nachdem er die Halle einige Male durchschritten hatte, blieb er stehen und lehnte sich mit dem Rücken gegen die Wand. Er wollte sich etwas ausruhen, die vor ihnen liegende Nacht, wenn der Blutmond am Himmel leuchtete, würde noch lang genug werden.

Bloch kam nicht dazu, sich seinen eigenen Gedanken hinzugeben. Etwas Fremdes nahm Einfluß auf ihn.

Es war der Würfel!

Der Abbé spürte genau, daß es in ihm ›rumorte‹. Wie ein Seismograph die Wellen eines Erdbebens, so hatte auch er Strömungen aufgefangen und leitete sie weiter.

Er übertrug die Strömungen und Gedanken der nicht sichtbaren Welt in die der sichtbaren.

Doch es waren nicht nur Ströme oder Gedanken, die der Abbé mitbekam. Die Energie, die der Würfel abgab und die der Abbé auffing, wandelte sich in seinem Hirn um und formierte sich dort zu Bildern.

Er konnte wieder sehen.

Es war kein normales Schauen wie bei einem nicht blinden Menschen, nein, er blickte hinein in die Vergangenheit und bekam Bilder vorgesetzt, die Tod, Schrecken und Vernichtung zeigten.

Der Abbé erlebte die Kraft der Urbewohner und den verzweifelten Versuch der Malteser, sich dagegen zu stemmen.

Es hatte keinen Sinn. diejenigen, die einen Weg in die Vergangenheit gefunden hatten, wurden ebenso Opfer der Wesen wie die Templer Jahrhunderte zuvor.

Die gefährlichen Opfermessr arbeiteten grausam und präzise.

Der Abbé zitterte, als er die furchtbaren Bilder vor seinem geistigen Auge entstehen sah. Es berührte ihn ungemein stark. Sein Inneres wühlten die Ereignisse auf, so daß er es nicht mehr schaffte, sich auf den Beinen zu halten.

Mit dem Rücken rutschte er an der Wand entlang und sank zu Boden. Den Würfel umklammert, blieb er in dieser Haltung sitzen und erlebte noch das blutige Ende mit.

Nur zwei waren entkommen.

Ob bewußt oder unbewußt, darüber konnten ihm

die Ereignisse auch keine Auskunft geben. Jedenfalls hatte es Salazar geschafft, in den Turm zu fliehen und dort zu warten, denn als der Blutmond vom Himmel verschwand, war auch die Gefahr gebannt.

Ein Getreuer des Klostervorstehers hatte ebenfalls flüchten können, doch ihn erwischte ein Messer kurz vor dem Eintreffen der Gäste. Jetzt lebte nur noch Salazar.

Über die Wangen des Abbés verliefen breite Tränenstreifen. Er hatte den Schrecken nicht emotionslos hinnehmen können. Das Weinen beruhigte ihn sehr, denn Trauer konnte den Schmerz hinwegspülen.

Er wußte nicht, wieviel Zeit vergangen war, aber ihm kam plötzlich der Gedanke, daß durch die Hallen noch jemand schleichen mußte, der auch den letzten Diener Salazars getötet hatte.

Ein Mensch oder einer aus dem Clan der Urvölker?

Bloch konnte es nicht sagen. Ihm war nur klar, daß auch er sich in einer Gefahr befand. Vor einem Dämon fürchtete er sich nicht so sehr wie vor einem menschlichen Killer.

Daß ihn gerade jetzt der Gedanke daran so heftig überfallen hatte, warnte ihn. Es mußte seinen Grund gehabt haben, und der war leicht zu erraten.

Der Mörder befand sich in seiner Nähe! Vielleicht schon in der Halle. Möglicherweise beobachtete er ihn, um in einem günstigen Augenblick zustechen zu können. Bloch legte den Würfel auf seine Oberschenkel und wischte das Tränenwasser von den Wangen. Er stand noch immer unter einem Schock. Er hatte mit Hilfe des Würfels erlebt, wie die Mönche getötet worden waren. Die Urkräfte der Insel waren längst nicht zerstört worden. Sie existierten nach wie vor in all ihrer Grausamkeit.

Es dauerte seine Zeit, bis sich Bloch wieder an die ihn umgebende Stille gewöhnt hatte. Eigentlich gehörte er zu den Menschen, die wenig Angst zeigten, obwohl er vom Schicksal mit Blindheit geschlagen worden war. So allein in der Halle hockend, überkam ihn allerdings so etwas wie eine fürchterliche Ahnung vor irgendwelchen Dingen, die auf ihn zukamen und die er nicht stoppen konnte.

Seit der Blindheit war sein Gehör geschärft worden. Ein nur minimaler Ausgleich für den Verlust des Augenlichts, aber in dieser Zeit des Alleinseins war es sehr wichtig für ihn.

Der Abbé glaubte, ein Geräusch zu vernehmen. Er wußte nicht genau, ob es draußen oder schon im Innern der Halle aufgeklungen war. Jedenfalls hörte es sich an, als würde irgend etwas über den Boden oder die Wand hinwegschleifen.

Schritte vielleicht?

Zwar hatte Bloch auch bisher nicht entspannt gesessen, in diesem Fall jedoch hatte er das Gefühl, unter Strom zu stehen. Er spürte seine Nerven, das Vibrieren ergriff von seinem gesamten Körper Besitz, und gleichzeitig lief es ihm kalt den Rücken hinab.

Bei gewissen Angriffen fühlte sich der Templer wehrlos. Noch wehrloser kam er sich im Sitzen vor. Deshalb stellte er sich hin. So konnte er sich auch besser konzentrieren.

Die Wand gab ihm nicht nur den nötigen Halt, auch eine gewisse Sicherheit und Rückendeckung. Wer immer sich auch anschlich, er konnte nur von vorn oder von der Seite her kommen.

Ja, da war es wieder!

Dieses Schleifen, dieser Schritt, zudem noch lauter, das heißt, der Unbekannte mußte näher an ihn herangekommen sein. Die kalte Haut verdichtete sich auf seinem Rücken. Er atmete nur mehr durch die Nase oder durch den halboffenen Mund, jedenfalls sehr flach und nicht störend.

Wieder ein Schritt!

Vor ihm, vielleicht etwas schräg versetzt. Der Abbé geriet allmählich in Panik. Er dachte an die furchtbaren Messer, durch die die Mönche den Tod gefunden hatten, und bekam Magenschmerzen.

Wo stand der Mörder? Daß es sich bei dem Ankömmling um einen Killer handelte, war ihm klar.

Dann hörte er das leise Pfeifen! Es war melodiös, und es schien dem Pfeifer Spaß zu machen, das Lied zu flöten. Er gab sich auch keine Mühe mehr, die Schritte zu unterdrücken. Sehr fest trat er auf, so daß die Tritte Echos produzierten.

»Wer bist du?« fragte der Abbé. »Sag es mir!«

Die Schritte verstummten, das Pfeifen ebenfalls. Dann erfolgte die Antwort, auch leise gesprochen. »Ich bin dein Mörder, Eindringling! Ich werde dich töten!«

»Was habe ich dir getan?«

»Du bist gekommen . . .«

»Na und?«

»Du und deine Begleiter, ihr habt die Ordnung gestört. Es wissen bereits zu viele Menschen von den alten Geheimnissen. Das soll nicht noch weiter ausgewalzt werden. Deshalb hat man mich geschickt, um dich zu erledigen.«

»Du bist also der Mordscherge! Du gehörst zu ihnen, den Ureinwohnern dieser Insel.«

»Ja, sie haben mich überzeugen können!« lautete die zischend gesprochene Antwort.

Der Abbé wollte Zeit gewinnen. Vielleicht kamen John und Suko zurück. Er redete deshalb auch lauter als gewöhnlich. »Wie haben sie es geschafft, dich zu überzeugen?«

»Es war leicht. Ich gehörte zu den Menschen, die ihr Geld damit verdienen, daß sie in die alten Gräber steigen . . .«

»Und sie ausrauben, wie?«

»So ist es. Mein Freund und ich sind auf der Insel geboren. Wir kennen jeden Stein, jeden Weg. Sie ist uns längst kein Rätsel mehr. Und wir kennen auch die Lage der Gräber. Es gibt Menschen, die viel Geld für alte Kunst- und Kultgegenstände bezahlen. Sogar an Museen haben wir verkauft. Durch unsere Arbeit haben wir uns mit der Vergangenheit der Insel beschäftigen müssen und sind auch auf das Volk gestoßen, das hier einmal gelebt hat. Nur ist es Tausende von Jahren her. Es gibt Menschen, die es zu den Sternenvölkern zählen, wir haben dies auch für eine Weile geglaubt, bis wir eines Besseren belehrt wurden. Malta ist damals von Menschen besiedelt worden, die aus einem Kontinent stammten, der vor zehntausend Jahren ein Opfer des Meeres geworden ist – Atlantis. Wer hier gelebt hat, kam aus Atlantis und hat uns seine alte Magie hinterlassen. Wir haben sie im ältesten Totentempel gefunden, als wir ihn betraten. Mein Freund kam um, er wurde von einem Stein erschlagen, ich warf den Körper ins Meer, allerdings erst, nachdem ich mit den Kräften hier einig geworden war. Ich stellte mich auf ihre Seite und ebnete ihnen den Weg.«

»Durch Mord, wie?«

»Das sagst du, und es stimmt auch.« Der Mann lachte. »Doch nur am Tage. In der Nacht, wenn der Blutmond am Himmel steht und die alte Kraft wieder freikommt, ist ihre Zeit gekommen. Dann halte ich mich zurück. Jetzt weißt du alles oder fast alles.«

»Hast du auch denjenigen getötet, der uns das Tor öffnete?«

»Sicher. Es war der letzte Überlebende neben Salazar. Ihr habt meinen Zeitplan etwas durcheinandergebracht. Mein Messer traf ihn in dem Augenblick, als er das Tor öffnete. Nur besaß er noch die Kraft, euch einzulassen. Er starb zu spät.« Er kam wieder einen Schritt näher und sagte seinen nächsten Satz. »Jetzt bist du an der Reihe. Anschließend hole ich mir deine Freunde und danach Salazar. Tagsüber herrsche ich, in der Nacht die Mächte des Blutmonds.«

»Wie heißt du?«

»Ich nenne mich Dragut. Es ist der Name eines Piraten, der vor langer Zeit Malta überfallen hat. Er wußte nichts von den Kräften, die in der Erde wohnen und noch aus einer Zeit stammen, die vor der der Phönizier und Punier lag! Die auslaufende Steinzeit hatte der Insel schon das Wissen der Atlanter gebracht.« Er gab ein Lachen von sich, das dem Abbé wie ein Röcheln vorkam. »Bald werde ich herrschen wie damals Dragut, gemeinsam mit den Alten aus Atlantis.«

Der Abbé hatte sich die Worte sehr genau gemerkt und war zu der Überzeugung gekommen, daß sie stimmten. Dragut war kein Großschwätzer, er stand unter dem Einfluß der Urbewohner und würde es aus eigener Kraft nicht mehr schaffen, sich von deren Magie zu befreien.

Wo stand er?

In diesen Momenten wünschte sich der Abbé sehnlichst sein Augenlicht zurück. Das war nicht möglich, so mußte er sich auf seine anderen Sinnesorgane verlassen.

Er konnte ihn hören und auch riechen. Der Killer hatte einen besonderen Geruch an sich. Wenn den

Abbé nicht alles täuschte, so roch er sogar nach Blut.

Dem seiner Opfer . . .

Und er kam noch näher. Sein Schweißgeruch wehte Bloch ebenfalls entgegen. Vermischt mit dem von altem Staub.

Plötzlich war er da!

Der Abbé spürte den Druck der Hand auf seiner Stirn. Der Killer drückte den Kopf des Templers weit zurück, so daß er gegen die Wand gepreßt wurde. Der warme Atem fauchte gegen Blochs Gesicht, aber er spürte auch etwas anderes.

Einen kalten Druck an seiner Kehle, wie ihn nur eine Messerklinge hinterlassen konnte.

Nur blieb der beißende Schmerz, dieses Glühen am Hals kurz vor dem Tod aus.

»Was hast du da?« fragte Dragut.

»Wieso?«

»Zwischen deinen Händen. Es sieht aus wie ein Würfel und schimmert in einem dunklen Rot.«

»Es . . . es ist auch ein Würfel.« Bloch strengte sich an, um überhaupt sprechen zu können.

»Und? Weshalb trägst du ihn bei dir. Ist er etwas Besonderes?«

»Ich halte ihn als Talisman.«

Der Killer wollte sich ausschütten vor Lachen, aber er lachte geifernd und glucksend. »Ein Talisman«, sprudelte er hervor. »Das . . . das kann doch nicht sein. Du bist verrückt. Nun gut, ich akzeptiere es. Aber dein Talisman nützt dir jetzt auch nicht mehr. Mein Messer wird schneller sein. Ein Schnitt wird reichen. Ich . . .«

Da trat der Abbé zu. Er wußte, daß er keine Chance mehr hatte. Er würde so oder so sterben. In einer einzigen Bewegung hatte er sein Knie hochgerissen und es gleichzeitig nach vorn gerammt. Daß er den Mann an einer empfindlichen Stelle erwischte, war reiner Zufall.

Der Schmerz zuckte wie eine jähe Explosion durch Draguts Körper. Er dachte nicht mehr daran, die Klinge von einer Seite zur anderen zu ziehen. Heulend und jaulend taumelte er zurück, den Kopf dabei schüttelnd und fluchend. Urplötzlich verstummte er, als er den ersten Schmerz überwunden hatte.

Bloch konnte den Mann nicht sehen, der drei Schritte vor ihm stand, schwarze Kleidung trug und dessen Gesicht eine rot angelaufene, verzerrte Grimasse geworden war.

Das Killermesser aber hielt er fest. Er schwang den Arm in einem Halbkreis, schüttelte sich wie eine nasse Katze und wollte springen.

Da flog die Eingangstür auf. Sie war wuchtig aufgestoßen worden, daß sie mit der Klinke gegen die Wand krachte.

Dragut fuhr herum, starrte auf den Eingang und glaubte, einen wilden, bösen Traum zu erleben.

In der offenen Tür stand ein silbernes Skelett!

Wir hatten die letzten Worte des greisen Mannes vernommen, wollten ihm jedoch nicht zustimmen.

Suko gab die Antwort und schüttelte zuvor den Kopf. »Wir sind nicht hergekommen, um zu sterben, Salazar.«

Der Alte hob den Blick. Über seinen Augen bewegten sich die kaum sichtbaren Brauen. Sie waren nur mehr als blasse Bögen zu erkennen. Die Pupillen selbst wirkten wie bleiche Wassertropfen. Uns kam es vor, als würde die Zeit stillstehen, wenn Salazar reagierte. »Ihr hättet früher erscheinen müssen. Jetzt ist der günstige Zeitpunkt vorbei. Die alte Magie aus Atlantis hat eingeschlagen wie ein verzögerter Blitz. Die Chance ist vorbei, vertan, sie kommt nicht mehr zurück. Ihr habt euch zuviel Zeit gelassen. Ich weiß, daß mein alter Freund Abbé Bloch nicht allein herkommen und zwei Helfer mitbringen wollte. Aber was habt ihr gesehen, als ihr durch das Tor geschritten seid – was?« Er breitete die Arme aus und streckte sie gleichzeitig vor.

»Wir trafen auf einen Todgeweihten. Bevor er starb, hatte er uns die Tür geöffnet.«

»Ja, es war der letzte.«

»Und wer ermordete ihn?«

Salazar bewegte die Lippen, als wollte er Suko zulächeln. »Wer ihn ermordete, kann ich euch sagen. Die Kräfte haben es geschafft, auch einen Menschen in ihren Bann zu bekommen. Er nennt sich Dragut, so hieß ein Pirat, der auf Malta wütete. In seinem Namen tötet er weiter, er beseitigt die Reste, wie er sagt.«

»Steht er mit dem Urvolk in Verbindung?« fragte ich.

»Ja, sie haben ihn als seinen Diener akzeptiert. Er ist eingedrungen in ihre Grabstätten, wo sie sich ihm offenbart haben. Sie benötigen einen Menschen, der keine Rücksicht kennt. Dragut war für sie genau der richtige Partner.«

»Aber du lebst noch«, sagte ich.

Salazar spreizte einen Finger ab. »Die Betonung liegt auf noch. Es ist einfach eine Frage der Zeit, wann auch mein Leben verlöscht. Dragut hat es mir versprochen.«

»Wir werden ihn stoppen!« erklärte Suko.

Der Greis lachte. »Wenn das so einfach wäre. Nein, er kennt sich aus. Sein Messer ist tödlich. Ich sitze hier, um ihn zu erwarten. Ich möchte vor meinem Ende noch mit den Blicken über das Meer schweifen können und etwas von der Sehnsucht und der Weite in mich aufnehmen.«

Ich lächelte ihn an, als ich den Kopf schüttelte. »Ich glaube, du irrst dich, Salazar. Du wirst noch öfter den Anblick des Meeres in dich aufnehmen können. Wir sind gekommen, um dich um Hilfe zu bitten. Du bist ein Eingeweihter, du kennst die Geheimnisse des alten, atlantischen Volkes, das am Ende der Steinzeit diese Insel besiedelte und noch seine Spuren hinterlassen hat.«

»Ja, ich bin der letzte!«

»Nicht ganz!« widersprach ich. »Du vergißt die Gruppe der Templer, die nach einem Kreuzzug hier gestrandet ist oder nach der großen Vertreibung durch Philipp den Schönen. Sie haben das Geheimnis des atlantischen Volkes ebenfalls entdeckt.«

»Und mußten dafür büßen!« rief Salazar in meine Worte hinein. Ich wunderte mich über seine laute Stimme. Er umklammerte die Stuhllehne mit beiden Händen. Scharf zeichneten sich die Knöchel unter der dünnen Haut ab. »Sie fanden keine Ruhe, irren nun als Geister durch die Zeiten und wissen nicht, wann sich Gegenwart und Vergangenheit mischen. Die Atlanter haben den Blutmond angebetet, sie waren ihm hörig. Wenn er sein Licht abstrahlte, lebten sie auf. Dann saugten sie seine Kraft in sich ein und töteten auch.« Er löste seine Hände und strich fahrig durch sein Gesicht. »Sie töten immer, sie kennen nichts anderes. Sie bringen die Opfer dem Blutmond dar.«

»Hast du das gesehen?«

»Ich weiß es. In der letzten Nacht sind sie wieder fündig geworden. Mehrere Menschen sind in ihre Fänge geraten. Wir werden wieder neue Leichen finden.«

Ich dachte sofort an die Getreuen des Abbés. »Welche Menschen?« hakte ich nach.

»Das weiß ich nicht. Ich spürte sie nur, die Alten, wie

sie aufgeregt waren, als der Blutmond über dem Meer leuchtete. Nicht alle können ihn sehen, nur diejenigen, die in seine magische Aura gelangen. Er ist furchtbar, er kann alles zerstören. Ob Mensch, Stein oder Metall. Nichts ist vor ihm sicher.«

Da hatte Salazar allerdings recht. Ich brauchte nur an unser Schiff zu denken, das ein Opfer der atlantischen Kräfte geworden war. »Es wird Zeit, daß wir diesen Kräften Einhalt gebieten. Noch besser wäre es, wenn wir sie zerstören.«

»Wer will das schaffen?« fragte der Alte.

Ich blinzelte, weil Sonnenlicht durch das Fenster hereinflutete.

»Zusammen sind wir stark.«

Salazar senkte den Kopf. »Ihr wißt, daß ich nicht mehr zu den Jüngsten zähle. Mein Werk ist zerstört worden. Hier gibt es keine Überlebenden mehr. Sie haben mir alles genommen, alles. Ich will, daß ihr Fluch endlich von der Insel verschwindet, aber ich sage euch gleich, daß es sehr schwer sein wird, weil die Höhlen ihr Reich sind. Dort herrscht die reine, atlantische Magie.«

»Wir fürchten uns nicht vor ihr!«

Er räusperte sich. »Wißt ihr überhaupt, was auf euch zukommt? Atlantis, das ist ein gewaltiger Kontinent gewesen, prall gefüllt mit Magie, mit den Resten der einstigen Götter, die auf diesem, unserem Kontinent ihre Spuren hinterlassen haben. Die Atlanter haben von dieser Magie gewußt. Sie waren sehr weit. Sogar weiter, als wir es heute sind. Und nicht alles ist im Meer versunken.«

Ich lächelte knapp. »Sie brauchen nichts weiter zu sagen, Salazar. Wir kennen uns aus. Nicht allein in dieser Welt, auch im fernen Atlantis. Ich war dabei, als es anfing unterzugehen.* Ich kenne seine Dämonen. Wir haben jahrelang gegen sie gekämpft und kämpfen auch heute noch, wenn Sie jetzt verstehen.«

Salazar hob die rechte Hand. »Ich verstehe sehr wohl, nur habe ich nicht begriffen.« Er legte eine kleine Denkpause ein. »Oder seid ihr beide ebenfalls . . .?«

»Nein, wir sind keine Atlanter, aber wir haben mit ihnen Kontakt gehabt. Es gibt auch heute noch Menschen und Magier, die das Blut dieser alten Rasse in sich tragen, wobei ich hinzufügen muß, daß sie der Menschheit nicht feindlich gegenüberstehen.«

Er nickte und sagte:

»Es mag sein. Ich aber muß mich auf die alte Rasse konzentrieren.« Dann hob er den Kopf. »Wann sollen wir gehen?«

»Sofort.«

»Ja, es ist ein ziemlich weiter Weg, den wir zurücklegen müssen. Der alte Totentempel befindet sich weit im Süden der Insel. Es gibt dort viele Gräber. Man muß schon suchen, sehr tief klettern, um sie zu finden, denn es ist sehr viel Zeit vergangen. Andere Völker haben die Insel später besiedelt und ihre Spuren hinterlassen, die für Archäologen sehr interessant sind. Die Phönizier und die Punier, die Römer, vielleicht auch die Vandalen, die Ostgoten, sehr lange die Araber oder Sarazenen und auch die Normannen hielten die Insel besetzt. Später kamen die Hohenstaufen, dann die Spanier, bis irgendwann die Malteserritter die Insel geschenkt bekamen und sie prägten, abgesehen von einer kurzen Besetzung durch Napoleon, der die Herrschaft der wehrhaften Ritter beendete. Nur zwei Jahre blieb das Eiland im Besitz der Franzosen. Englands Krone übernahm es und entließ die Insel 1964 in die Unabhängig-

*Siehe Sinclair-Taschenbuch 73005: ›Alptraum in Atlantis‹

keit. Das war im Zeitraffer etwas Geschichte. Ihr könnt euch vorstellen, welche Spuren die einzelnen Besatzer hier hinterlassen haben.«

»Fehlen nur noch die Griechen«, sagte Suko.

Der alte Mann erhob sich mit steifen Gliedern. »Sehr richtig. Sie haben die Insel nie besessen. Es heißt jedoch, daß Odysseus sie auf einer seiner Farten angelaufen hat.«

Für uns war das Geschichte, zwar interessant, aber im Moment nicht von bleibendem Wert.

Es ging einzig und allein um das Grauen, das in der Lage war, den Blutmond heraufzubeschwören.

Suko reichte Salazar die Hand, als dieser von seinem hochlehnigen Stuhl stieg. Er lächelte etwas gequält. »Ich wäre euch dankbar, wenn ihr mir dabei helfen würdet, die lange Treppe hinabzugehen.«

»Natürlich.«

Wir nahmen den Mann in die Mitte. Vorsichtig wie ein kleines Kind begleiteten wir ihn über die steile Wendeltreppe. Es klappte auch gut, dann aber trat etwas ein, womit wir nicht gerechnet hatten. Aus der Tiefe und sehr dünn, dennoch deutlich zu hören, vernahmen wir die gellenden Schreie.

Sofort blieben wir stehen.

»Du oder ich?« fragte Suko.

»Jetzt du!«

»Okay, John!« mein Partner, Freund und Kollege jagte los, als säße ihm der Teufel im Nacken . . .

Dragut war mitten in der Bewegung erstarrt. Er hatte die Augen weit aufgerissen. Der Mund stand ebenfalls offen. Über die Zunge hinweg wehte ein Röcheln.

Im Augenblick dachte er nicht mehr an sein scharf

geschliffenes, leicht gekrümmtes Messer, das so plötzlich erschienene Skelett irritierte ihn völlig und brachte ihn aus der Fassung.

Abbé Bloch konnte nicht sehen, was geschehen war. Er ahnte jedoch, daß er Hilfe bekommen hatte und flüsterte den Namen. »Hector de Valois! Bist du es?«

Als Antwort ging das silberne Skelett einen Schritt vor. Es setzte den Knochenfuß hart auf den Steinboden, so daß dieses Geräusch ein Echo hinterließ.

Das war der Augenblick, wo Dragut seine Überraschung verdaut hatte. Er schüttelte noch einmal den Kopf, als müßte er sich durch die Bewegung selbst ein Startzeichen geben, dann schlich er vor.

Als Messerkämpfer war er schon in den Hafenspelunken von La Valletta so etwas wie eine Legende gewesen. Mit der Klinge konnte er phantastisch umgehen. Seine besondere Stärke lag im Fintieren und auch im Wechsel der Waffe von Hand zu Hand.

Das tat er während des Gehens. Er schleuderte die Klinge von rechts nach links und umgekehrt, während in seinen Augen ein Glanz lag, der mit dem Wort Mordlust umschrieben werden konnte.

Der alte Mann lief ihm nicht weg. Zuerst mußte er sich um den Knöchernen kümmern. »Ich schneide dir jeden Knochen einzeln auseinander, du verfluchtes Gerippe!« keuchte er. »Jeden Knochen . . .«

Die Worte hörte auch der Abbé. Nur glaubte er nicht, daß Dragut es schaffen konnte. Bloch kannte die Stärke Hector de Valois' einfach zu gut.

Das silberne Skelett bewegte sich kaum. Es schien sich um den anderen überhaupt nicht kümmern zu wollen. Der Körper wirkte durch die schimmernde Farbe gestreckt, in der knochigen Linken lag das Siegel der Templer.

Schließlich ging es einen Schritt vor. Gerade so weit, daß es auch die Tür wieder schließen konnte, um Dragut den Fluchtweg abzuschneiden, was dieser mit einem schiefen Grinsen quittierte.

Er vertraute auf seine Stärke und auf die Kraft des Urvolks, die auch in ihm steckte. Nicht ohne Grund hatte er sich in die Fänge der Atlanter begeben, außerdem hatten ihn diese geheimnisvollen Wesen innerlich aufgebaut.

Fintieren und zustechen!

Das war seine Stärke, die er wieder einmal demonstrierte. Spielerisch warf er die Klinge von der linken in die rechte Handfläche. Seine Augen glänzten. Gleitend bewegte er sich auf den Knöchernen zu, fintierte noch einmal, indem er einen von unten angesetzten Stich nur andeutete, und sprang dann auf das Skelett zu.

Er hatte sich wuchtig abgestoßen. Sein Körper bekam die Form einer Bodensehne, die leicht gebogene Messerklinge blitzte wie ein fahler Stern, dann rammte er sie in den Brustkorb.

Das heißt, er wollte sie hineinstoßen, doch seine Waffe glitt an einem der Knochen ab, als wäre dieser eingeschmiert. Er geriet ins Taumeln, zog den Dolch augenblicklich zurück und holte zu einer weiteren Attacke aus.

Diesmal war Hector schneller.

Die Knochenfaust jagte vor. Dragut hatte sich zu sehr auf seine eigene Stärke verlassen und wollte kaum glauben, daß der andere ihm überlegen war. Aus diesem Grunde erwischte ihn der Hieb auch völlig unvorbereitet. Er hatte das Gefühl, in der Mitte zerteilt zu werden. Die Luft wurde ihm knapp. Er taumelte auf unsicheren Beinen zurück, bis er gegen eine Wand stieß und auf weichen Knien niedersank.

Das war ihm noch nie vorgekommen. Nach einem Treffer war er schon fast groggy. Eines hatte Dragut in seinem Leben gelernt. Erst aufzugeben, wenn er wirklich nicht mehr konnte.

Danach sah es hier nicht aus. Er schraubte sich wieder hoch. Zwar nicht so geschmeidig wie sonst, aber er war noch da. Der Knochenkerl würde sich wundern.

Dragut keuchte und schüttelte sich, als wollte er diese Schwäche durch seine Bewegungen einfach abstreifen.

Dann kam er wieder.

Diesmal achtete er genauer auf die Reaktionen des Knöchernen. Und er schaute auch nach rechts, wo der Blinde stand. Für einen Moment durchzuckte die Idee seinen Kopf, den alten Mann als Geisel zu nehmen. Das wäre nicht schlecht gewesen, aber der Knöcherne hatte sein Vorhaben geahnt und versperrte ihm kurzerhand den Weg.

»Verdammt!« keuchte er, um sich selbst Mut zu machen. »Ich krieg dich noch, dann schneide ich dir die Knochen einzeln auseinander.« Er ging einen Halbkreis, schaute seinen Gegner lauernd an und sah auch das Siegel der Templer, diesen grünlich schimmernden Stein in der rechen Hand. Was es bedeutete, wußte er nicht, es störte ihn auch nicht. Er fixierte jetzt den Schädel des Silbernen, und dort waren für ihn besonders die Augen von Interesse.

Sie wirkten zwar leer, doch er konnte sich gut vorstellen, daß sie trotzdem lebten. Irgend etwas lauertc in ihnen. Möglicherweise eine ähnliche Kraft, wie auch er sie spürte.

Er kam näher.

Das Skelett ließ ihn ruhig kommen. Er tat so, als würde es sich um ihn kaum kümmern, da es den Weg zu Abbé Bloch, dem blinden Templer, einschlug.

»Du wirst ihn nicht beschützen können!« keuchte Dragut. »Du wirst es nicht schaffen . . .«

Das Skelett reagierte nicht. Auch dann nicht, als der Mann noch weiter auf den Knöchernen zukam.

Wieder sprang er.

Diesmal zuckte die Klinge tatsächlich von oben schräg in die Tiefe. Er zielte nicht auf eine der leeren Augenhöhlen, weil er es sich im letzten Moment anders überlegt hatte. Um eine Idee brachte er das Messer nach links.

Dann rammte es gegen den Schädel. Direkt in den Raum zwischen die beiden Augenhöhlen.

Dragut wartete auf das Knacken, das häßlich klingende Geräusch, mit dem der Schädel zerspringen würde.

Es blieb ein Wunschtraum von ihm. Der Schädel wurde nicht einmal angeritzt, und der Dolch glitt nach unten weg und wäre beinahe noch schräg in die Brust des Stechers geglitten.

Diesmal schlug Hector de Valois nicht. Er packte zu. Und er bewegte sich dabei mit einer Schnelligkeit und Geschmeidigkeit, die ihm keiner ansah. Es gelang ihm, den Arm des Messerstechers zu umklammern. Dann hebelte er ihn mit einem Ruck herum, so daß er dicht vor dem Bruch stand. Nur ein wütender und beißender Schmerz durchzuckte den Arm vom Gelenk bis hoch in die Schulter.

Dragut hatte so etwas noch nicht erlebt. Er brüllte wie verrückt. Sein Mund stand weit offen und schien überhaupt nicht mehr zuklappen zu wollen. Tränen schossen aus den Augen. Das Schreien hallte nicht nur durch den Raum, es wehte auch als Echo die Stufen zum Turm hoch.

Selbst der Abbé schrak zusammen. Auch ihm war

klar, daß Hector de Valois den Mann töten konnte, wenn er wollte. Vielleicht hätte er es auch getan, so gut kannte der Abbé ihn nicht, aber er wollte diesen Menschen lebend, auch wenn dieser vorgehabt hatte, ihn zu ermorden.

»Laß ihn, Hector, laß ihn. Er hat genug! Er wird sich hüten, uns noch einmal anzugreifen!«

Das silberne Skelett folgte den Worten des Abbés und ließ den Mann los, der zu schreien aufgehört hatte, nur mehr leise wimmerte und zusammensackte.

Als er sich aufstützen wollte, knickte sein rechter Arm ein. Flach fiel er auf den Steinboden. das Messer lag irgendwo, unerreichbar für ihn.

Von der Treppe her klangen hastige Schritte auf. Eine Gestalt erschien knapp hinter der ersten Wendel und überwand die letzten Stufen mit einem gewaltigen Sprung.

Es war Suko, der mit gezogener Waffe in der Halle stand und die Mündung im Halbkreis bewegte.

»Abbé!« rief er. »Was ist geschehen?«

»Nichts weiter, Suko. Ein Killer hat uns besucht und wollte mich ermorden!«

»Toll.« Suko ging auf den Mann zu, der sich hingesetzt hatte. Er starrte Suko aus brennenden Augen an. In seinem Gesicht zeichnete sich der Schmerz ab.

Suko hob das Messer auf. »Damit wolltest du killen?« fragte er.

Dragut spie aus.

Der Inspektor war ähnliche Reaktionen gewöhnt. Er schüttelte nur den Kopf. »Du bist ein Mörder!« erklärte er dann. »Ein verfluchter, widerlicher Mörder. Ich war bei Salazar. Er hat mir und meinem Kollegen einiges von dem berichtet, was hier vorgegangen ist. Sie sind tot – alle, und du hast dich daran beteiligt.«

»Nein, ich . . .«

»Wer hat denn den Mann getötet, der uns die Tür öffnete? Das warst du doch – oder?«

»Ja, aber . . .«

»Also hast du den ersten Mord gestanden. Du wolltest den Abbé ebenfalls umbringen und zum Schluß Salazar. War es nicht so?«

»Nein, ich . . .«

»Sag die Wahrheit!«

Dragut war fertig. Er nickte. Dann flüsterte er: »Aber ich mußte es doch tun. Ich mußte ihren Auftrag einfach erfüllen, verstehst du das nicht, verdammt?«

»Nein, beim Mord hört mein Verständnis auf. Weshalb mußtest du einen Auftrag erfüllen? Und für wen?«

Dragut hob den Kopf. »Das alte Volk, der Blutmond. Die längst vergangenen Zeiten werden wieder anbrechen. Sie sind zurückgekehrt durch die Magie des Mondes . . .«

»Du bist ihr Vasall?«

»Sie haben mich geweiht!«

»Auch das noch«, sagte Suko. »Geweiht nennst du so etwas. Du solltest dich schämen.«

»Der Blutmond braucht Opfer«, sagte Dragut leise. »Wenn das alte Volk erscheint und der Mond leuchtet, muß das Blut fließen. So steht es in den alten Schriften.«

»Hast du sie gelesen?«

»Nein, das nicht.«

»Aber es ist wahr!« Dies hatte nicht Dragut gesagt, sondern Salazar. Zusammen mit mir hatte er die lange Treppe hinter sich gelassen. Einige Fetzen der Unterhaltung hatten wir mitbekommen, ohne aktiv in den Dialog einzugreifen.

Jetzt war die Zeit reif.

Ich stand einen halben Schritt hinter Salazar, der sich

überrascht zeigte, als sein Blick auf das hochgewachsene, silberne Skelett fiel. »Wer . . . wer ist das?«

»Hector de Valois!« erklärte ich.

Der Greis nickte, schaute nach rechts und atmete röchelnd ein, bevor er seine mageren Arme ausstreckte und auf den Abbé zuging. »Bloch« sagte er flüsternd. »Bloch, mein Freund. Du bist gekommen. Ich sehe dich, aber du kannst mich nicht sehen.«

»Nein, Bruder Salazar! Das Schicksal hat es nicht gut mit mir gemeint. Ich bin blind geworden. Alle ärztliche Kunst hat mir nicht geholfen. Ich habe mein Augenlicht nicht zurückbekommen. Doch ich bekam etwas anderes. Ein anderer Sinn löste den des Sehens ab. Ich kann manchmal Dinge spüren, die anderen verborgen bleiben. So gleichen sich gewisse Dinge immer wieder aus. Die Natur ist gerecht!«

Salazar umarmte den Abbé. Erst jetzt vertraute ich dem Malteser hundertprozentig. So schauspielern konnte einfach niemand. Die beiden Männer sprachen so leise miteinander, daß ich ihre Worte nicht verstehen konnte. Es war eine Begrüßung unter Freunden.

Salazar drückte sich nach einer Weile wieder zurück. Er schaute auf den sitzenden Mörder. »Du hast von den alten Schriften gesprochen. Also mußt du sie kennen.«

»Ja.«

»Wo liegen sie?«

»In der Totenhöhle, der ältesten, der verborgenen. In Ham Egan. Kaum jemand kennt sie, aber es gibt sie, das weiß ich genau, denn ich war dort.«

»Da hast du die Schriften entdeckt?«

Über seine Lippen zuckte ein Lächeln. »Wie kann das alte Volk Schriften hinterlassen haben? Nein, es waren Worte oder in Steinplatten eingehämmerte Zeichen.«

»Konntest du sie lesen?«

»Zuerst nicht. Ich spürte, daß sie sehr wertvoll waren. Später habe ich es gekonnt, als mich die Erleuchtung überkam. Das alte Volk hat mir geholfen, den ich wurde erleuchtet, als der Blutmond am Himmel stand und seine Botschaft brachte.«

»Und was hast du gelesen?« fragte ich.

»Eine Beschwörung. Mehr kann ich auch nicht sagen. Die Höhle ist tief, sehr tief. Wer hineingeht, der muß wissen, daß ihn etwas Besonderes erwartet, denn er erreicht eine uralte Opferstätte, deren Steine auch heute noch blutdurchtränkt sind.«

»Durch wessen Blut?« wollte ich wissen.

»Viele sind gestorben, viele werden noch sterben. Auch dieses Kloster hat nicht überlebt. Die Mönche haben einen Teil des großen Geheimnisses gelüftet, das wollte das alte Volk nicht. Schon damals, als die Templer es schafften, haben sie schrecklich darunter leiden müssen. Sie sind nicht tot und nicht lebendig. Sie leben zwischen den Zeiten, irren mal durch die Vergangenheit, dann hinein in die Gegenwart. Der Blutmond hat die Grenzen fließend gemacht.«

Das war uns alles bekannt. Nach wie vor unbekannt war die alte Totenhöhle. Anscheinend gehörte sie nicht zu den zahlreichen bekannten Grab- und Tempelstätten auf der Insel. Ich wandte mich deshalb an Salazar, dessen Wissen ich sehr schätzte.

»Hat dieser Mann mit seinen Behauptungen recht gehabt oder uns nur etwas erzählen wollen?«

»Wir müssen davon ausgehen, daß es stimmt.«

»Kennst du die Stätte Ham Egan?«

»Nein, ich war noch nie dort. Aber ich weiß, wie wir hinfinden können. Sie liegt im Süden. Man spricht nicht über sie. Ich kann über den Grund nur spekulieren. Vielleicht ist es eine natürliche Angst, die Menschen gespürt haben, als sie vor der Grabstätte standen. Eine Furcht, die sie nicht erklären konnten. Sie muß aus der Tiefe der Höhle gedrungen sein. Niemand wollte sie betreten.«

»Und doch werdet ihr viele dort finden,« rief Dragut. »Leichen über Leichen.«

»Welche?«

»Neugierige . . .«

Ich hatte noch eine Frage an Salazar. »Was ist mit deinen Freunden geschehen?«

»Du weißt es, sie sind tot.«

»Und wo befinden sich die Leichen?«

Salazar hob die Schultern. »Ich kann nur raten. Wenn du sie finden willst, frage den Mörder. Er wird dir bestimmt den Weg zeigen können, wo meine Getreuen liegen.«

»Auch die fünf Templer, die ich vermisse?« fragte der Abbé, der dieser Unterhaltung gefolgt war.

»Davon weiß ich nichts!« rief Dragut.

»Dafür von den anderen – oder?« erkundigte sich Suko mit scharfer Stimme.

Dragut schrak zusammen. Er wollte keine Antwort geben. Suko war es leid und riß den Mann in die Höhe. »Los, jetzt wirst du mitkommen und uns die Menschen zeigen.«

»Ihr könnt sie nicht sehen!«

»Weshalb nicht?«

Dragut senkte den Kopf. »Ich . . . ich habe alle eingemauert. Sie liegen in einem Verlies, versteckt hinter einer Wand.«

»Wer gab dir den Befhl?«

»Das alte Volk.«

»Kann es stimmen?« erkundigte sich Suko bei Salazar.

»Wir sollten trotzdem nachschauen. Auch ich will wissen, was alles geschehen ist.«

Suko riß Dragut hoch und nahm ihn in den Polizeigriff, aus dem er sich nicht befreien konnte, ohne daß er sich den Arm brach.

»Ich werde nicht mitgehen«, sagte der Abbé. »Mein Freund Hector de Valois gibt mir Schutz.«

Das verstanden wir.

Salazar übernahm die Führung. Suko und Dragut folgten ihm, ich machte den Schluß.

Durch einen Gang mußten wir schreiten, dessen Ende eine uralte Tür versperrte. Um sehen zu können, hatte ich die Taschenlampe eingeschaltet. Bevor Salazar die Tür öffnete, drehte er sich noch einmal zu uns um. »Wir werden jetzt die alten Keller und Verliese dieser Burg betreten. Ich möchte euch warnen. Sie sind sehr niedrig und . . .«

»Wir kennen so etwas,« sagte ich und schob mich an der Tür vorbei. Mich streifte Draguts warmer Atem. Der Mann schwitzte, auf seinem Gesicht lag ein Film aus Schweiß.

Die Tür klemmete, als ich sie aufriß und den Strahl in die Tiefe scheinen ließ.

Feuchter Geruch strömte gegen unsere Nasen. Irgendwo tropfte sogar Wasser.

Die Treppe konnte kaum als eine solche angesehen werden. Es waren zwar Stufen, aber die hatte man kurzerhand in den Stein geschlagen. Jede besaß eine unterschiedliche Länge und Breite.

Wer in die Tiefe stieg, mußte achtgeben, daß er die primitiven Stufen nicht verfehlte. Ich stützte Salazar mit der rechten Hand, in der linken hielt ich die Lampe.

Sehr steil ging es abwärts. Wände waren mit Schmier bewachsen, eine dicke Schicht, die klebte und modrig roch. Wasser hatte sich ebenfalls zwischen den Steinen gesammelt und rann an einigen Stellen aus den Ritzen zu Boden.

Die Decke über uns konnte man als ungleich bezeichnen. Sie warf Wellen, mal höher, mal tiefer und kam mir vor wie ein erstarrtes Wasser. Auch an ihr klebte der Dreck, und dazwischen schimmerten die dünnen Fäden von Spinnweben.

Manchmal huschten auch dicke, hornige Käfer davon, wenn das Licht meiner Lampe sie irritierte.

Wir hatten die Treppe hinter uns gelassen. Ich leuchtete einmal in die Runde, sah einige höhlenartige Eingänge und Tunnels, wußte aber nicht mehr weiter.

»Wohin jetzt?« fragte ich den Mörder. »Wo liegen die Leichen der Malteser?«

»Da!« Er deutete schräg nach rechts. »Da müssen wir hin. Es ist nicht weit.«

»Dann geh vor!« erklärte Suko. Er ließ Dragut nicht los, denn trauen durften wir ihm nicht.

Der Gang, in den wir tauchten, bekam Ausmaße, die auf Schlimmes hindeuteten. Sehr niedrig, stockfinster, auch eng war er geworden. Des öfteren schleiften wir mit den Schultern an den Wänden entlang, wobei der Dreck dann an unserer Kleidung klebenblieb.

Aufrecht gehen konnten wir ebenfalls nicht. Jeder von uns mußte den Kopf einziehen.

»Wird es noch schlimmer?« fragte ich.

Salazar gab die Antwort. »Keine Sorge, der Gang bleibt so hoch oder niedrig wie jetzt.«

»Dann bin ich ja beruhigt.«

Obwohl ich mich schon oft durch Tunnels und Stollen bewegt hatte, gewöhnen konnte ich mich daran nie. Diese Enge und die niedrige Decke bereiteten mir ein Gefühl der Platzangst, der drückenden Furcht, denn ich dachte auch daran, daß, durch welchen Umstand auch immer, die Decke einmal einstürzen konnte.

Deshalb achtete ich auf jedes fremde Geräusch, das neben unseren Schritten aufklang.

Es war nichts zu vernehmen. Ich leuchtete vor, während Salazar sich noch bei mir eingehängt hatte.

Der Lichtkegel traf auf Widerstand!

Es war eine Wand. Vielleicht die, von der Dragut gesprochen hatte. Mit dem Lichtfinger tastete ich sie ab. Sehr neu sah sie mir nicht aus. Sie war zwar anders gebaut worden als die Mauern des Schlosses, nicht aus flachen, sondern aus kantigen Steinen, aber ich konnte mir kaum vorstellen, da Dragut sie erbaut hatte.

Deshalb wandte ich mich an ihn. »Das ist doch eine Lüge. Die Leichen liegen nie hinter dieser Wand.«

»Wieso nicht?«

Ich leuchtete ihn an. Er schloß sofort die Augen. Trotzdem konnte er den hinterlistigen und verschlagenen Ausdruck in seinem Gesicht nicht schnell genug verbergen.

Hatte er uns in eine Falle geführt?

»Mach die Augen auf!« fuhr ich ihn an.

»Wieso ich . . .?«

»Öffnen!«

Er tat es. Ich leuchtete nicht direkt hinein, sondern gegen sein Gesicht, das noch immer glänzte. »Also, Freund wo befinden sich die ermordeten Menschen?«

»Hinter der Wand!«

»Die du gemauert hast?«

»Klar.«

Ich ließ ihn stehen und schaute mir das Hindernis aus der Nähe an. Stein auf Stein war gelegt worden. Dazwischen schimmerte hellerer Mörtel, der inzwischen auch feucht geworden war.

Die hatte er niemals selbst gebaut. Bevor ich mich umdrehte, wollte ich auf Nummer Sicher gehen und begann damit, die Wand an bestimmten Stellen abzuklopfen.

Ich stieß mir nur die Knöchel an den harten Steinen. Irgendeine verborgene Tür entdeckte ich nicht.

Bis es plötzlich hohl klang. Zuerst dachte ich, mich verhört zu haben, aber Suko meldete sich ebenfalls.

»Verdammt, John, da war etwas!«

»Das glaube ich auch.« Noch einmal klopfte ich nach, das Geräusch blieb. Ich hatte mich nicht geirrt. »Stein ist das nicht – oder?« wandte ich mich scharf an Dragut.

Er hob nur die Schultern.

Bisher hatte ich nur einen kleinen Teil abgeklopft. Jetzt ging ich systematisch vor und stellte in der Wand ein Rechteck fest.

Ich drückte mit der flachen Hand dagegen. Ein leichter Druck reichte bereits aus, um die Platte bewegen zu können. Sie kippte nach hinten, dann war sie plötzlich verschwunden. Ich hatte noch feststellen können, daß sie aus leichtem Styropor bestand, das einfach in der Farbe der Wand überpinselt worden war.

Ich war auf einem schlimmen Anblick gefaßt und roch auch schon den Moder.

Dann leuchtete ich.

Mein Gesicht wurde starr, es fror förmlich ein. Ich mußte zugeben, daß Dragut recht behalten hatte.

Auch die anderen hatten den Geruch wahrgenommen. Salazar kam zu mir. Seine Schritte schlurften. Er schaute nur kurz hinter die Mauer und stammelte ein ›Gütiger Himmel!‹

Ich drehte mich wieder um. Meine Stimme klang mir selbst fremd, als ich sagte: »Gehen wir!«

Dragut würdigte ich keines Blickes mehr. Für mich würde es immer unbegreiflich bleiben, wie ein Mensch nur so etwas tun konnte. Der hatte die gesamte Achtung vor der Schöpfung verloren.

Niemand sprach mit Dragut. Als wir die steile Treppe hochschritten, wurde die Luft besser, wenig später in der Halle atmeten wir tief durch.

»Was war?« fragte der Abbé.

»Dragut hat nicht gelogen«, erklärte ich.

»Dann sind sie . . .«

»Sie leben nicht mehr.«

Der Abbé senkte den Kopf. Ich konnte mir vorstellen, wie es in ihm aussah, denn mir war es im Keller ähnlich ergangen, wenn nicht noch schlimmer.

Suko gab auf Dragut acht wie ein Schießhund. Das Gesicht des Mörders war ausdruckslos geblieben. Nur der Schweiß war getrocknet.

Bloch sprach mich an. »Sei ehrlich, John. Hast du noch Hoffnung für meine Männer?«

»Kaum.«

»Sie sind verschwunden. Vielleicht hat sie das Meer in die Tiefe gezerrt, dann wäre ihr Tod gnädiger gewesen als der, den sie zu erwarten haben.« Er ballte seine linke Hand. »Ich meine, daß wir uns den Tatsachen stellen müssen. Laß uns fahren.«

»Nehmen wir Dragut mit?« fragte Suko.

»Und ob. Er wird uns noch einmal einen Weg zeigen können.« Ich schaute ihn bei den Worten an.

Der Mörder grinste. »Dann gelangt ihr in ein Gebiet, wo das Sterben üblich ist. Dort wohnt der Tod, das Erbe der Götter, die alte Magie aus Atlantis.«

»Keine Sorge, wir kennen uns mit dem versunkenen Kontinent aus.«

Dragut starrte mich an. Er sah so aus, als wollte er Fragen stellen, überlegte es sich dann und drehte sich um. Suko legte ihm eine Hand auf die Schulter. »Ich werde ständig in deiner Nähe sein, Killer. Versuche es nicht, versuche es erst gar nicht. Klar?«

»Du kannst dich auf mich verlassen, Chinese. Ich werde sehr brav sein, keine Sorge. Aber ich freue mich schon auf den alten Totentempel, wo euer Schicksal besiegelt wird.«

»Darauf freuen wir uns auch«, erwiderte Suko.

Wenig später verließen wir die Kühle zwischen den Mauern und traten hinaus in die Hitze, die schwer über der Insel lastete. Der Himmel hatte eine andere Farbe angenommen. Er war nicht mehr so hell, klar und gläsern, sondern dunstig.

Der Dunst oder der noch seichte Nebel stieg vom Meer her in die Höhe. Ein leichter Wind wehte ihn über die Insel hinweg, deshalb hatte er sich vor die Sonne gelegt.

Ich ging vor und öffnete den VW-Bus. Der Tote lag noch auf dem Hof. Jemand hatte die Leiche mit Steinen bedeckt. Ich nahm an, daß Hector de Valois dafür gesorgt hatte.

Vor uns hatte Dragut keine Furcht, das silberne Skelett aber schaute er mit mißtrauischen Blicken an. Er schien ihm nicht zu trauen, allein wegen seines Aussehens.

Suko stieg mit seinem Gefangenen in den Fond. Es war auch noch Platz genug für den Abbé und das silberne Skelett. Sie hockten auf der letzten Bank hinter Suko und Dragut.

Der VW-Bus hatte sich aufgeheizt. Wir bekamen kaum Luft in diesem blechernen Brutkasten.

Ich ließ einige Fenster offen, als ich startete. Abgase wehten am Wagen vorbei und gerieten in unsere

Nasen. Als ich startete, quoll der Staub hoch. Das Tor stand noch offen. Zurück ließen wir eine Festung und einen hohen Turm, die von innen her die Stille des Todes verspürten.

Ich bekam eine Gänsehaut!

Malta schluckte uns!

Die Insel konnte groß werden, wenn man sie durchfuhr und auf eine gewisse Geschwindigkeit achten mußte, da wir uns außerhalb der Durchgangsstraße befanden und auf Landstraßen rollten, die nicht gepflastert oder geteert waren.

Man konnte sie als bessere Pisten bezeichnen, die sich besonders durch eine Tatsache auszeichneten.

Staub!

Immer nur Staub. Nie abreißend und uns als ewige Wolke begleitend. Der Staub war sehr fein, es gab praktisch nichts, was er nicht durchdringen konnte.

Wir hatten die Fenster schließen müssen. Trotzdem bekam ich Sand in die Augen!

In Richtung Süden rollten wir. Es war eine Landschaft, die man als verbrannt, karg und steinig bezeichnen konnte. Sie besaß dennoch ihren Reiz. Vielleicht waren es die ungewöhnlichen Tempelstätten, die von den Archäologen ausgegraben waren.

Manche sahen aus wie arabische Festungen, die auf flachen Hügelkuppen standen.

Steine über Steine . . .

Blanke, eckige, auch kantige. Aufeinander und übereinander stehend, manchmal Brücken bildend oder Eingänge zu Höhlen. Es waren die offiziellen Fundstätten, zu denen auch Touristen und Besucher hingeführt wurden.

Rechts der Strecke lag ein kleiner Ort. Den hellen Kirchturm sahen wir über die Dächer der Häuser hinwegragen. Jenseits der Ansiedlung wuchs ein terrassenartiger Tafelberg in die Höhe. Rinder und Schafe weideten darauf. Malta war nicht nur staubig und trokken.

Das Meer sahen wir leider nicht mehr. Aber der Dunst blieb. Es war sehr heiß und schwül geworden.

Salazar saß neben mir. Er schaute zum Himmel. »Wir werden ein Gewitter bekommen«, sagte er.

»Damit rechne ich auch.«

»Wenn es vorbei ist, kannst du sehen, wie die Insel aufatmet, wie sie erblüht. Das Wasser lockt Kräfte aus ihr hervor, die tief verborgen gelegen haben.«

»Auch Blüten?«

»Ja, manche Gegenden verwandeln sich in ein regelrechts Meer aus Blüten. Es ist wunderbar anzusehen.«

Ich hoffte nur, daß wir es noch erlebten. Die Farbe des uns begleitenden Staubes hatte sich etwas verändert. Sie war nicht mehr so hell, sondern braun und ockerfarben. Die Hänge, über die wir fuhren, wirkten sehr lang. Überall lagen die dicken Steine, als hätte sie jemand achtlos weggeworfen. Zwischen ihnen hatten Pflanzen eine Heimat gefunden, die in England höchstens in den Wohnungen der Sammler wuchsen.

Kakteen!

Sehr hoch, oft breit und von einer verwirrenden Vielfalt. Außerdem dunkel bis hellgrün schimmernd. Ein wunderbarer Farbton inmitten der wüstenartigen Steinlandschaft.

Wieder erschien in der Ferne ein kleiner Ort. Er besaß sogar noch eine Stadtmauer. Sie umschloß ihn wie einen Wall. Die Häuser brüteten in der dunstigen Sonne.

Vor der Mauer waren Stände aufgebaut worden. Wahrscheinlich würde ein Markt abgehalten werden.

Ein Schäfer hatte seine Herde ebenfalls in die Nähe der Stadtmauer getrieben. Die Tiere lagen apathisch auf dem Boden. Selbst die Hunde hockten bei ihrem Herrn neben einem Wasserloch oder einer Wasserstelle, denn ich sah das graublaue Schimmern.

»Ein unterirdischer Brunnen speist diese Wasserstelle«, erklärte mir Salazar.

Ich wischte mir zum mindestens zehnten Mal den Schweiß aus dem Gesicht, ohne daß es etwas nutzte. Ich schwitzte weiter. Außerdem quälte mich der Durst.

Bei einer derartigen Reise wird man irgendwann apathisch. Man schaltet das eigene Denken aus und reagiert nur automatisch. Fahren, gasgeben, schalten, bremsen, das Starren auf die Piste und die verfluchten Staubwolken hinein.

Obwohl ich Begleitung hatte, kam es mir manchmal so vor, als würde ich allein im Fahrzeug sitzen.

Man kann auch nicht richtig denken. Die Hitze dörrte alles aus. Wir Europäer aus dem Norden oder Westen waren dafür nicht geschaffen. Daß ein mehrfacher Mörder mit uns fuhr, daran verschwendete ich nicht einmal einen Gedanken.

Niemand sprach. Im Wagen herrschte ein drückendes, lastendes Schweigen. Die Hitze war einfach zu groß, um eine Unterhaltung aufkommen zu lassen.

Ein jeder schaute dumpf vor sich hin. Auch Salazar litt unter der Hitze. Er stöhnte hin und wieder auf. Wenn ich ihm dann einen fragenden oder besorgten Blick zuwarf, schüttelte er nur den Kopf.

Mir kam es vor, als wären wir schon Stunden unterwegs. Der ältere VW-Bus war ein guter Griff gewesen. Er tat seinen Dienst und ließ uns nicht einmal im Stich.

Obwohl wir noch nicht einmal 60 Minuten unterwegs waren, kam es mir vor wie Stunden.

»Wie weit ist es noch?« fragte ich irgendwann.

Salazar deutete gegen die mit Staub bedeckte Frontscheibe. »Wir werden in die Kette aus Hügelrücken hineinfahren müssen. In einem der Muldentäler liegt die Stätte.«

»Ist sie schwer einsehbar?«

»Sehr schwer.«

Das hatte ich mir gedacht. Da auch keine Besucher erscheinen würden, waren wir völlig auf uns allein gestellt. Wenn ich ehrlich war, so war es mir auch recht.

Die Hügelkette schob sich allmählich heran. Runde Buckel ragten aus dem Gelände. Natürlich mit Steinen bedeckt und belegt. An einigen Stellen, wo es etwas schattiger war, wuchs staubiges Gras, das einen hellen Grünton zeigte.

Von der Tempelanlage war noch nichts zu sehen. Sie verstecke sich zwischen den Hängen des unebenen Geländes.

Wir rollten hinein.

Nicht über einen Pfad. Noch befanden wir uns auf der Höhe, wo es weder Weg noch Steg gab, nur Steine und diesen verdammten Staub, der einfach niemals abreißen wollte.

Den größeren Brocken konnte ich durch geschicktes Lenken ausweichen, bei den kleinen war das nicht der Fall. Sie hämmerten, wenn sie aufgewirbelt wurden, gegen den Unterbodenschutz des Wagens und malträtierten ihn sehr.

Wir hatten die höchste Stelle überwunden und rollten auf der anderen Seite des Muldenhangs in das kleine Tal hinein. Auch jetzt knallten die heißen Strahlen gegen den VW-Bus. Hin und wieder, wenn wir zu schnell wurden, fand mein Fuß auch das Pedal der Bremse. Auf diesem Untergrund griffen die Reifen nicht richtig. Beim Bremsen rutschten wir oft genug weiter.

Zum Glück brauchten wir die nächsten Hügel nicht zu überwinden. Unser Ziel lag in der ersten Schüssel.

Salazar deutete auf eine aufrecht stehende Steinsammlung, die kreisförmig aufgebaut war. »Dort liegt Ham Egan.«

Viel war nicht zu sehen, nur eben diese Steine, die ziemlich hoch waren, das konnten wir beim Näherkommen deutlich sehen. Sie wuchsen vor uns in die Höhe wie breite aneinandergelegte, blankgeschliffene und unterschiedlich hohe Finger.

Neben dieser schützenden Wand ließ ich den Wagen ausrollen. Im Schatten der Steine wuchs dürres Gras.

Ich öffnete die Tür und kletterte als erster aus dem Wagen. Das Sitzen hatte mich steif werden lassen. Zudem klebte mir die Kleidung am Körper. Einige Male reckte ich mich, bis wieder Schwung in die lahmen Knochen kam.

Kühler als im Wagen war es hier auch nicht. Die Mulde fing die Sonnenstrahlen ein wie ein Hohlspiegel das Licht.

Es war unerträglich heiß und drückend geworden. Die Steine hatten sich derart aufgeheizt, daß sie wie kleine Öfen wirkten.

Eine kleine Hölle hatte uns aufgenommen.

Der Abbé kletterte auch ohne Hilfe aus dem VW-Bus. Hector de Valois stieg nach ihm aus und blieb neben ihm stehen wie ein schauriger Leibwächter.

Suko rückte dem Killer tatsächlich nicht von der Seite. Ich beobachtete die beiden.

Dragut machte auf mich einen hinterlistigen, aber

auch furchtsamen Eindruck. Er blieb auf dem Fleck stehen, den Suko ihm angewiesen hatte, und schaute sich lauernd um.

Sein dunkles Haar fiel ihm schweißverklebt bis in den Nacken. An der Stirn besaß er schon einige kahle Stellen. Seine Haut zeigte den dunklen Teint eines Orientalen. Er war nicht sehr groß, aber ziemlich kräftig, besonders in Höhe der Schultern.

Mein Blick glitt zu Salazar. »Kennst du den Eingang zum Tempel?«

»Nein.«

»Also er.«

»Ja, Dragut wird uns führen.«

Er bäumte sich noch einmal auf. »Wie käme ich dazu, ihr verdammten . . .?«

Suko tippte ihn einmal kurz an. Der Killer schwieg. »Es sollte dir doch eigentlich Freude bereiten, uns in den Tod zu führen, den du uns wünschst«, sagte er.

»Ja, ihr werdet auch umkommen.«

»Dann geh mal vor.«

Dragut drehte sich um. Er ging gebückt, seine Arme kamen mir sehr lang vor. Sie schlenkerten an beiden Seiten hin und her. Parallel zur Mauer schritten wir, bis wir ein Tor erreicht hatten, eine Brücke, einen relativ schmalen Durchlaß, hinter dem ein Innenhof aus gelben, übereinandergetürmten Steinen lag.

Der Innenhof und überhaupt das gesamte Grab war nicht mit den Steinen von Stonehenge zu vergleichen. Allein die Größe stimmte nicht. Alles war hier kleiner und übersichtlicher.

Breite Steine, die mich an Bänke erinnerten, standen oder lagen auch im Schatten der Innenhofmauer. Wir aber waren nicht gekommen, um uns auszuruhen, wir wollten in das Grab.

»Wie geht es weiter?« fragte Suko.

»Hier nicht«, sagte Dragut.

»Das sehe ich auch.«

Der Killer ging vor, Suko dicht hinter ihm. Wir hatten die schmale Lücke nicht gesehen, der Killer aber wußte Bescheid und wollte sich durchquetschen, aber Suko, der alle Tricks kannte, hielt ihn fest.

»Erst gehe ich.«

»Meinetwegen.«

Der Inspektor verschwand. Wir warteten so lange, bis wir sein »Okay, ihr könnt kommen« hörten. Dragut machte den Anfang. Ich schob mich als letzter durch die Lücke.

Ein weiterer Innenhof schien es nicht zu sein, in dem wir uns befanden, auch wenn er so aussah. Mich erinnerte es eher an eine Opferstätte, denn in der Mitte sah ich einen Altar. Natürlich bestand er aus Stein. Zwei senkrecht stehende stützten die waagerecht liegende Platte.

Man konnte diesen Raum auch als eine außen liegende Höhle bezeichnen. Über uns befand sich ein Dach aus Steinen, das jedoch große Lücken aufwies.

Um uns herum stand die Luft. Sie war heiß und gleichzeitig sehr schwül. Wenn wir uns bewegten, hatten wir das Gefühl, durch eine zähe Masse gehen zu können.

Mich interessierte die Altarplatte, deshalb schaute ich sie mir genauer an. Ich wußte, daß vergangene Kulturen viele Zeichen hinterlassen hatten. Spuren, aus denen die Archäologen und Historiker herauslasen, wie die Menschen damals gelebt hatten. Auf der Platte entdeckte ich ebenfalls einen Hinweis. Es waren zwei spiralenförmige Kreise, die einander gegenüberlagen und in verschiedene Richtungen liefen.

Ihre Bedeutung kannte ich nicht. Auch in Atlantis hatte ich etwas Ähnliches nicht gesehen. Deshalb fragte ich Salazar. Er wußte ebenfalls keinen Bescheid.

Dafür unser Mörder. »Es ist das Zeichen des alten Volkes«, erklärte er nicht ohne Stolz über sein Wissen. »Die beiden Kreise bedeuten nichts anderes als zwei Welten. Einmal das Diesseits, zum anderen Jenseits. Und die Spiralen sollen die Wege darstellen, die jemand gehen muß, um in die Welten zu gelangen.«

»Wir auch?« fragte ich.

»Sicher.« Er grinste hinterhältig. »Nur werdet ihr nicht mehr entkommen.«

Ich winkte ab.

Suko war ebenfalls an den Altar herangetreten und besah ihn sich von allen Seiten. Dabei hatte er sich auch gebückt, drückte sich wieder hoch und wandte sich an den Killer. »Bisher habe ich noch kein Grab entdecken können. Wie kommen wir hinein?«

Dargut überlegte einen Moment. Als sich Sukos Haltung spannte, setzte er sich in Bewegung. Er schritt auf einen Stein zu, der senkrecht stand, nicht zu hoch war und in dessen Mitte sich zwei handbreite Löcher befanden. In sie steckte der Killer seine Finger.

Was er noch machte, sahen wir nicht. Wir erkannten jedoch die Wirkung, denn die Altarplatte begann sich zu drehen. Erst jetzt stellten wir fest, daß die beiden senkrechten Steine auf einer runden Platte standen, die sich drehte. Möglicherweise hattc der Killer einen uns verborgenen Hebelmechanismus bedient.

Er kam wieder zurück. Sein Gang war schleichend und wiegend zugleich. Den linken Arm streckte er aus, der rechte hing an seinem Körper herab. »Da ist es.«

Ich war an den Rand der runden Öffnung getreten und schaute in die Tiefe.

Zu sehen war nichts. Die Dunkelheit gähnte uns an. Sie wirkte schwarz und geheimnisvoll. Ich bekam den Eindruck, als würde uns aus der Tiefe etwas entgegenströmen, das seit Jahrtausenden auf seine Befreiung wartete. Auch Salazar kam. Er sah ebensowenig wie ich. Inzwischen hatte ich die Lampe hervorgeholt und strahlte in die Tiefe. Mein Optimismus verflog, weil ich keine Treppe sah, die uns in die Grabstätte hineingebracht hätte.

Ich fragte den Killer. »Wie kommt man dort hinunter? Ich habe keine Treppe gesehen.«

»Du kannst springen.«

»Danke, das hätte mir auch ein anderer sagen können. Bist du auch gesprungen?«

»Nein.«

»Geflogen etwa?«

»Es gibt ein Seil. Daran kann man sich in die Tiefe hangeln. Das ist der ganze Trick.«

»Schau lieber nach, John«, riet Suko.

Ich leuchtete noch einmal, schwenkte dabei die Lampe und entdeckte das Seil tatsächlich. Ich streckte meinen Arm aus, bekam das Seil zwischen die Finger und zerrte es zu mir heran.

Es sah neu aus. Ich ging davon aus, daß es unser Gewicht aushalten würde, ohne zu reißen.

Salazar stand neben dem Abbé. Er erklärte dem Blinden, was ich tat und was wir vorhatten.

Ich stand auf und behielt das Seil in der Hand. Die Blicke richteten sich auf mich. Selbst der Abbé hatte den Kopf gedreht, um mich *anschauen* zu können.

»Bestimm du die Reihenfolge«, sagte Suko.

Das wollte ich auch. Zuvor hatte ich noch etwas anderes zu sagen. »Ich weiß nicht, ob wir alle die Totenkammern betreten sollen . . .«

»Willst du mich ausschließen?« fragte der Abbé, der wußte, worauf ich hinauswollte.

»Eigentlich schon.«

»Weshalb?«

»Schau mal, du hast dein Augenlicht verloren und . . .«

»John, ich besitze den Würfel. Ist dir nicht klar, daß auch er eine Verbindung zu Atlantis herstellen kann. Du weißt selbst, daß er als Orakel bezeichnet wurde . . .«

»Sicher.«

»Dann werde ich auch mitgehen, ebenso wie Hector de Valois. Keine Sorge, er wird sich um mich kümmern.«

»So habe ich das nicht gemeint, Abbé.«

»Schon gut, John. Mach du den Anfang.«

Das hatte ich auch vor. Wir mußten uns nur noch über die Reihenfolge einigen, was schnell geschehen war.

Salazar wollte mir folgen, dahinter kam Dragut, dann Suko, und den Schluß bildeten der Abbé und das silberne Skelett.

Wohl noch nie zuvor hatte eine derart zusammengewürfelte Gruppe die alte Grabstätte betreten.

Ein wenig komisch war mir schon zumute, als ich hineinblickte.

Die Lampe klemmte ich zwischen die Zähne, um wenigstens etwas sehen zu können.

Dann nickte ich meinen Freunden noch einmal zu und machte mich an den Abstieg . . .

Es war das Hineingleiten in eine fremde, völlig andere Welt. Nach allerneuesten wissenschaftlichen Erkenntnissen waren die Gräber der Ureinwohner 7000 Jahre alt. Da hatte selbst die ägyptische Kultur noch im tiefen Schlaf gelegen.

Und ich betrat als einer der ersten Menschen dieses uralte Felsengrab. Komisch wurde mir da schon zumute. Ich mußte einige Male schlucken, die Luft war nicht so schlecht, wie ich angenommen hatte, nur eben auch heiß und stickig.

Wie tief das Grab gewesen war, hatte ich nicht ausleuchten können. Auch jetzt, wo die Lampe zwischen meinen Zähnen klemmte, strahlte sie nicht in die Tiefe. Der Strahl tanzte und huschte über die Wände des Grabs.

Das Seil schrammte über meine Handflächen. Ich machte es wie ein Turner, griff immer wieder nach und wollte auf keinen Fall, daß meine Hände durch das rauhe Zeug aufgerissen wurden.

Zuerst bekam ich mit dem rechten Fuß Bodenkontakt. Er war hart, mußte ebenfalls aus Stein oder festgebackener Erde bestehen. Ich stellte mich hin, ließ das Seil los und leuchtete in die Höhe, wo sich die Öffnung grau abzeichnete.

»Der nächste!« rief ich hoch und hoffte, daß der alte Mann es auch tatsächlich schaffte.

Suko half ihm dabei. Schon beim ersten Zupacken stellte ich fest, daß es der Mann niemals schaffen würde. Suko merkte es auch, er wollte ihn tragen, aber Salazar ließ sich nicht davon abhalten. Der Drang, in die geheimnisvolle Totenwelt vorzustoßen, war zu stark.

Da passierte es.

Die Hände konnten das Gewicht nicht mehr halten. Salazar zitterte, er rutschte ab, griff nach, konnte sich trotzdem nicht halten und kippte mir entgegen.

Ich versuchte das Unmögliche, wollte ihn auffangen.

Er riß mich zu Boden.

Wir schrien beide auf. Ich merkte, wie der alte Mann zusammenzuckte und von mir wegrollte. Regungslos blieb er liegen. Er sah aus, als hätte er den Sturz nicht überlebt.

Auch mir taten einige Knochen weh, das aber war ich gewohnt. Mir ging es um Salazar.

Ich leuchtete ihn an. Das Gesicht war noch verzerrt. Er blutete an der Stirn, ich untersuchte ihn schnell und atmete auf, denn er war nicht tot. Nur schwer angeschlagen und eben bewußtlos.

»Der erste ist krepiert!« brüllte Dragut in die Höhle hinein. »So wird es euch auch erg. . .«

Suko stopfte ihm das Maul. Wie er das machte, konnte ich nicht sehen. Jedenfalls begann der Killer zu fluchen und war dann still.

»Ist er tot?« rief mein Partner.

»Nein, bewußtlos.«

»Okay, dann werde ich dir jetzt unseren Freund schicken.«

Bei Dragut klappte alles. Er schwang neben mir aus und starrte mich lauernd an.

»Rühr dich nicht vom Fleck, mein Junge!« sagte ich und ließ ihn in die Mündung der Beretta schauen.

Er lachte nur. »Was ist schon eine Kanone gegen das, was hier unten seine Heimat gefunden hat?«

»Für dich reicht eine Kugel, Killer. Da brauchst du keine Sorgen zu haben. Das schaffe ich immer.«

»Und dann?«

Suko kam und kümmerte sich um den Mann. Es folgten der Abbé und Hector de Valois. Das silberne Skelett trug den blinden Templer auf einer seiner Knochenschultern.

Wie es weitergehen würde, sollte uns der Killer sagen. »Da es hier bestimmt kein elektrisches Licht gibt, rechne ich damit, daß du irgendwo Fackeln abgestellt hast.«

»Nein.«

»Bist du mit einer Taschenlampe . . .?«

»Es gibt andere Lichtquellen«, flüsterte er. »Kleine Schalen, gefüllt mit Öl.«

»Wie schön, zünd sie an!«

Er holte Streichhölzer aus seiner Tasche und ging zur Seite. Suko begleitete ihn dabei. Als das erste Flämmchen aufzuckte, stand mein Freund dicht neben dem Killer.

Die Flamme fand Nahrung. Eine erste kleine Öllampe gab ihren Schein ab und schuf innerhalb der Finsternis eine kleine Insel. Schon bald brannten weitere Lichter, in deren Schein wir uns umschauen konnten. Die Grabkammer in der wir standen, war ziemlich groß, aber auch leer. Jedenfalls entdeckten wir keinerlei Hinweise auf irgendwelche Menschen, die hier begraben worden waren.

Keine Knochen, keine Schädel, nur die Wände schimmerten in einem ungewöhnlichen Licht.

Da wechselten sich zwei Farben miteinander ab. Einmal gelbrot und dazwischen grün. Ein grünes Flimmern, Einschlüsse im Mauerwerk, vielleicht Metalle.

Da der Schein auch gegen die Decke streifte, konnten wir erkennen, wie die Höhle angelegt worden war.

Sie erinnerte mich an eine Krypta. Die Decke war relativ niedrig. Wir entdeckten Durchgänge zu anderen Räumen hin, und diese Durchgänge bekamen an beiden Seiten Halt von nach oben hin bogenförmig auslaufenden Säulen.

Auch in den Wänden entdeckten wir große Löcher. Manche waren kreisrund, andere wiederum oval, auch mal rechteckig.

Es war der Beginn eines regelrechten Labyrinths. So wie ich, dachte auch Suko. »Hier kann man sich verlaufen«, bemerkte er und leuchtete durch eines der Wandlöcher.

Er hatte für einen Moment nicht auf den Killer geachtet. Dragut nahm seine Chance wahr.

Als mein Warnschrei erklang, befand er sich schon in Bewegung. Geschmeidig und kraftvoll hatte er sich abgestoßen, hechtete halbhoch über den Boden und genau durch eines dieser Löcher in der Wand. Mit einem Schuß hätten wir seine Flucht möglicherweise stoppen können, nur war es nicht unsere Art, einen Menschen in den Rücken zu schießen.

Suko jagte ihm nach. Er hatte die Lampe eingeschaltet. Den Widerschein des Lichts sahen wir noch einige Male aufzucken, bis auch er verschwunden war.

Danach hörten wir nicht einmal die Schritte der beiden Männer.

»Er ist weg, nicht?« flüsterte der Abbé, der sehr genau zugehört hatte.

»Ja.«

»Das ist schlecht. Er hätte bei uns bleiben sollen.«

Der Meinung war ich auch, behielt sie aber für mich. Ich ging dorthin, wo Suko verschwunden war, und rief nach ihm.

Meine Stimme bekam einen ungewöhnlichen Klang. Sie hallte durch das Labyrinth, wurde zu einem Echo, das sich mehrmals brach, bevor es sich verlief.

Ich bekam eine Gänsehaut, als ich daran dachte, wie groß diese Totenanlage sein konnte.

Der Abbé rief mich. »John, komm her. Ich . . . ich spüre etwas. Der Würfel hat sich verändert, er will mich warnen.«

Ich schaute mich um. »Sorry, aber ich sehe nichts.«

»Doch, John, doch!« Er drängte jetzt. »Auch Hector müßte es spüren. Seht nach, bitte.«

Ich brauchte nicht lange zu suchen. Einer Eingebung folgend, schaute ich in die Höhe.

Da sah ich es.

Über der Öffnung stand – in einem schaurigen Rot leuchtend – der Blutmond der Templer . . .

Der Blutmond mitten am Nachmittag!

Ich spürte, wie sich mein Magen zusammenzog. Zu fassen war es nicht, es hatte auch keinen Sinn, über die Gründe nachzugrübeln, ich mußte sie einfach akzeptieren, und ich mußte mir auch über die Folgen im klaren sein.

Der Kreis stand so, daß ich den Eindruck bekam, er würde genau auf die Öffnung zielen. Nur sie war für ihn interessant, und sie füllte er auch mit seinem ungewöhnlichen Schein aus.

Mir brach der Schweiß aus. Es lag nicht allein an der Hitze, es war etwas anderes, das mich so mitnahm. Für mein Gefühl hatte sich in der Umgebung einiges verändert.

Mein Blick tastete den Abbé ab und auch das silberne Skelett des Hector de Valois.

Der Abbé hatte mich gewarnt. Er mußte auch gesprüt haben, was auf uns zukam. Den Würfel hielt er zwischen seinen Handflächen. Auch er wurde vom Schein getroffen.

Hatte er sich nicht verändert? Äußerlich nicht, seine Farbe jedoch schien noch kräftiger und intensiver geworden zu sein. Sie hatte sich mit dem roten Schein vermischt. Selbst die kleinen Schlieren, die Informationsträger, gingen darin unter.

Wenn ich meine Gefühle hätte beschreiben müssen, so kam ich mir vor, als würde ich in einem Zuchthaus stehen, umgeben von dicken, einbruchsicheren schalldichten Mauern.

Das gesamte Geschehen konzentrierte sich auf diese uralte, endsteinzeitliche Grabanlage eines geheimnisvollen Volkes.

Ich sprach den Abbé an. Er besaß den Würfel, wahrscheinlich erfuhr er durch ihn mehr. »Was ist los? Merkst du, welche . . .?«

»Sei ruhig, John, sie sind da.«

»Wer?«

»Ich spüre ihre Anwesenheit, John. Du selbst wirst die Geistwesen nicht sehen können, noch befinden sie sich in einer anderen Welt, aber die Grenzen werden allmählich fließend. Merkst du nichts? Sie senden bereits einen Teil ihrer gefährlichen Kraft aus.«

Ich mußte Luft holen, um überhaupt sprechen zu können. »Was genau kannst du sagen?«

Bloch gab die Antwort flüsternd. »Sie wollen Einfluß auf uns nehmen. Ich setze ihnen eine Sperre entgegen, bei dir wird es schwer werden.« Der Blinde redete jetzt schneller, und er fügte noch etwas hinzu, das mich erschreckte. »Salazar, Himmel, seine Chancen sinken. Sie sind über ihm, das erkenne ich sehr deutlich.«

Ich drehte den Kopf zu Salazar hin, weil ich wissen wollte, ob es auch stimmte.

Bloch hatte sich nicht getäuscht. Sie waren tatsächlich da, und sie griffen den Bewußtlosen an. Er war das schwächste Glied der Kette, es wurde zerstört.

Salazar konnte nichts tun. Er war völlig wehrlos, als sie über seinen Körper strichen wie Wind. Daß überhaupt etwas vorhanden war, erkannte ich daran, wie sich die Haare unter der verrutschten Kapuze bewegten. »Wer sind sie?« wandte ich mich an den Abbé. »Kannst du mehr erkennen?«

Der Blinde starrte gegen seinen Würfel. Sehen konnte er nichts, nur fühlen, denn die Kräfte des Würfels würden ihm die Nachricht auf telepathischem Weg geben.

Ich bekam von ihm eine Antwort. Vielleicht hatte ich mit meiner Frage dafür gesorgt, daß sich die Kräfte plötzlich zeigten. Bisher hatten sie im Unsichtbaren gewirkt. Nun zeigte das Urvolk, wer hier Herr im eigenen Hause war.

Der unsichtbare Wind flachte ab. Ich hatte vor, auf Salazar zuzulaufen, als er zurückzuckte. Nicht einmal ein puffendes Geräusch war zu hören gewesen, dennoch züngelten sie wie Zungen über den Körper hinweg. Kleine, blaue tanzende Flammen, die den Bewußtlosen von Kopf bis Fuß eindeckten und seine Gestalt genau nachzeichneten.

Die Flammen waren blaß, bei Tageslicht wären sie möglicherweise nicht zu sehen gewesen. Hier erlebten wir, wie grausam sie letztendlich sein konnten.

Sie zerstörten den Körper des alten Maltesermönchs!

Er verglühte wie Eisenpulver, ohne daß seine Kleidung Feuer gefangen hätte. Nur das Sprühen zeichnete seine Gestalt nach. Manchmal blitzte es auch, als wären winzige Wunderkerzen gezündet worden.

Ich traute mich nicht näher heran. Auch der Einsatz meines Kreuzes hätte nichts gebracht. Diese Magie war einfach zu alt. Auslaufende Steinzeit, mit dem Wissen von Atlantis, das war wie eine gefährliche Brandbombe.

»Ist er tot?«

Die Frage des blinden Templers hörte ich genau.

»Ja, ich glaube.«

»Ich spürte es, John. Ich spürte genau, daß dort etwas

ist, gegen das wir nicht ankommen. Der Blutmond scheint, jetzt sind ihre Geister erwacht. Richte dich auf einen Angriff ein.«

Ich lachte hart. »Angriff ist gut. Wir müssen weitergehen, wir wollen sie stoppen und auch Suko . . .«

»Vergiß ihn. Suko ist kein kleines Kind. Er wird seinen eigenen Weg gehen . . .«

Ich wollte eine Antwort geben, da geschah es. Plötzlich hatte ich das Gefühl, nicht mehr ich selbst zu sein. Etwas hatte von mir Besitz ergriffen. Es war in mich hineingekrochen, ich spürte eine unheimliche Hitze und dachte sofort an den armen Salazar, der vor meinen Augen verglüht war.

Es war schlimm.

Vor meinen Augen kreiste es. Bilder entstanden, die überhaupt nicht hergehörten. Ich sah Flammen und darin sterbende Menschen. Ich hörte Schreie grausam getöteter Soldaten, sah die Flaggen mit den Templer- und Malteser-Kreuzen und hatte das Gefühl, von einer Mühle zermahlt zu werden.

»Abbé!« keuchte ich, »verdammt, du hast recht behalten. Sie versuchen es. Sie wollen mich . . .« Ich konnte nicht mehr weitersprechen. Etwas umschlang meine Kehle und drückte sie zu. Plötzlich bewegten sich die Höhlenwände. Sie begannen zu tanzen, auch der Boden blieb nicht mehr so, wie er war. Ich kam mir vor wie auf einem schaukelnden Dampfer und merkte, daß meine Knie nachgaben.

In diesem Augenblick wurde mir auch bewußt, wie wenig mir das Kreuz gegen diesen Ansturm half. Es regte sich nicht, ich konnte nicht einmal die Aktivierungsformel sprechen.

Der Abbé redete mit mir, nur verstand ich seine Worte nicht. Vielleicht sollten sie mich aufmuntern, es war egal, die Strahlen des roten Mondes hielten mich in ihrem Bann.

Ich fiel.

Den Aufschlag spürte ich noch. Allerdings weich. Als ich den Boden berührte, kam es mir gleichzeitig vor, als würde ich wegfliegen. Hinein in die Schwärze des Alls, aber ich kehrte wieder zurück, wälzte mich auf den Rücken und starrte gegen die Höhlendecke.

Nein, nicht gegen die Decke.

Genau auf den Mond richtete ich meinen Blick. Er glotzte auf mich nieder wie ein gewaltiges Auge. Es war für mich nichts anderes mehr zu erkennen, nur dieses Auge und seine grausame Strahlung.

Sie machte mich fertig, drang durch jede Pore in meinen Körper, bohrte sich in die Adern, laugte mich aus und brachte gleichzeitig die verdammte Hitze.

Ein Verbote des Feuers!

Ich hörte mich selbst stöhnen und kam mir dabei vor, als wäre ich meilenweit von meiner eigenen Stimme entfernt. Ein Strom der Angst durchfuhr meinen Körper. Jede Stelle füllte er aus. Ich vernahm wispernde Stimmen und sah helle Schatten.

Gesichtslose Wesen, die vor mir erschienen, sich heftig bewegten, als würden sie mir zu Ehren einen Tanz aufführen.

Bei Salazar hatten sie es leichter gehabt, ihn zu vernichten. Ich bereitete ihnen Probleme. Fragte sich nur, wie lange noch. Es steigerte sich. Mir wurde klar, daß ich verloren hatte.

Noch immer auf dem Rücken liegend, hob ich unter unsäglichen Anstrengungen meinen rechten Arm. Die Hand näherte sich dabei automatisch dem Kreuz, meinem letzten Rettungsanker.

Ich bekam es nicht zwischen die Finger. Ein anderer

Gegenstand schob sich gegen meine Handfläche. Ich sah dabei den Schatten über mir, ein Gesicht, die Brille mit den dunklen Gläsern.

Der Abbé war gekommen!

»John!« wisperte er. »John, ich bitte dich. Du darfst nicht aufgeben. Du mußt ihn nehmen, bitte . . .«

Zunächst wußte ich nicht, wen oder was er meinte. Bis ich mich auf meine rechte Hand konzentierte.

Da war es mir klar.

Die glatte Fläche hatte ich oft genug gespürt, als ich noch der Besitzer des Würfels gewesen war.

Abbé Bloch hatte sich von seiner wertvollen Waffe getrennt, um mir damit zu helfen. »Konzentriere dich auf ihn, John! Du mußt dich dabei nur auf ihn konzentrieren, verstehst du?«

Ich gab ihm keine Antwort, weil es mir einfach zu schwer fiel, auch nur ein Wort über die Lippen zu bringen. Der Abbé ertastete meine linke Hand am Gelenk und hob den Arm so an, daß ich auch die andere Hand um den Würfel legen konnte.

»Jetzt, John, jetzt . . .«

Mehr konnte Bloch nicht tun. Der Rest war einzig und allein meine Sache. Der Würfel klebte zwischen meinen schweißfeuchten Handflächen. Es war der letzte Rettungsanker. Wenn er versagte, war ich verloren.

Früher hatte er, wenn ich mich auf ihn konzentrierte, seine Kräfte freiwerden lassen, um mir zu helfen.

So war es auch jetzt!

Ich spürte genau, daß sich bei ihm etwas tat. Der Würfel gab nicht auf. Seine Kraft strömte in meinen Körper, so daß ich mich auch auf ihn konzentrieren konnte.

Er bekam von mir einen gedanklichen Befehl!

›Weg mit euch. Vernichte die Kräfte, die mich umgeben. Zerstöre sie!‹

Der Würfel stellte sich auf mich ein. Zwischen meinen Händen schien er zu glühen, so heiß war er plötzlich geworden. Er mobilisierte die großen, geheimnisvollen Kräfte des Lichts und des Guten. Daß dies so war, zeigte er mir auch.

Ein Bild entstand.

Greifen konnte ich es nicht, nur sehen. Es war vor mir entstanden, als hätte es jemand gezeichnet. Über weite Entfernungen hinweg hatte es der Würfel geschafft, eine Brücke zu schlagen, die wie ein breiter Säbelhieb in die Kräfte der Geister hineingeschlagen war.

Am einem Ende der Brücke befand sich der Würfel. Am anderen Ende jedoch stand ein weiterer Gegenstand, dessen Besitzer ich mittlerweile geworden war.

Der Dunkle Gral!

Der kostbare Kelch mit der roten Kugel der Tanith. Er leuchtete in einem strahlenden Glanz, überstrahlte alles, und es fiel mir erst jetzt auf, daß ich an ihn gedacht hatte, ohne es bewußt gewollt zu haben. Es war automatisch so gekommen, der Gral entpuppte sich für mich als einer der großen Helfer.

Er und der Würfel trieben die Angriffswelle aus dem Unsichtbaren zurück. Der Druck verschwand. Ich konnte wieder freier und auch tiefer durchatmen. Allmählich klärte sich auch mein Blick.

Vor mir kniete der Abbé. Noch immer schaute er mich sehr besorgt an und auch fragend.

»Gut«, flüsterte ich. »Es ist gut geworden, Abbé. Ich habe es überstanden.«

»Wirklich?«

»Ja.«

Er mußte den Versuch unternehmen und tastete nach

dem Würfel. Ich übergab ihn dem Abbé, und es passierte nichts. Diesmal erfolgte kein Angriff gegen mich. Ich war sogar in der Lage, aufzustehen.

Sicherheitshalber stützte ich mich an der rauhen Höhlenwand ab. Es tat gut, doch ich brauchte es nicht; die eigene Standfestigkeit gab mir Sicherheit genug.

»Spürst du noch etwas?« fragte ich.

»Nein!« sagte der Abbé. »Wir haben den ersten Ansturm überstanden. Aber er muß noch da sein.«

Wen Bloch damit meinte, war mir klar. Mein Blick fiel gegen den Ausschnitt in der Decke.

Da sah ich den Mond!

Rot stand er am Himmel. Ein böses Auge, das eine Niederlage erlitten, aber noch keinen Krieg verloren hatte. Es würde weiterhin auf mich niederglotzen.

Der Abbé wollte natürlich Einzelheiten wissen, wieso es mir überhaupt gelungen war, ihn zu bekämpfen. »Nicht nur der Würfel war es«, erwiderte ich leise, »er hat es tatsächlich geschafft, eine Brücke zu schlagen. Auf der einen Seite stand der Würfel, auf der anderen sah ich den Dunklen Gral. Die beiden haben sich auf einer Ebene gefunden, die für mich nicht realisierbar ist. Aber es hat geholfen. Die magische Kraft dieser Gegner wurde vernichtet.«

»Nein, nicht das. Wir drängten sie zurück, John. Sie ist noch immer vorhanden, und sie wird auch nicht aufgeben.«

»Das befürchte ich auch. Von hier weg können wir nicht. Außerdem glaube ich fest daran, daß wir das eigentliche Zentrum noch nicht entdeckt haben. Zudem will ich unbedingt herausfinden, was mit Suko geschehen ist. Auch er muß die Verwandlung mitbekommen haben.«

Er nickte und ließ mich nicht mehr weitersprechen.

»Wir müssen auch mit den Templern rechnen.«

»Wie meinst du das?«

»Ihre Geister, verstehst du? Die Toten, die keine Ruhe finden können. Vielleicht können sie uns helfen. Schau dir Hector de Valois an. Ich hoffe, daß es ihm gelingt, sie aus ihrer verfluchten Gefangenschaft zu befreien, denn er besitzt das Siegel der Templer. Sie werden es nicht nur kennen, sie werden es auch anerkennen. Wenn es so ist, können wir gemeinsm darangehen, den unseligen Geist dieser Grabstätte für immer und ewig zu vernichten.«

»Falls es nicht schon zu spät ist«, erwiderte ich leise.

Der Abbé schwieg. Möglicherweise dachte er ähnlich wie ich. Nur hatte er sich nicht getraut, es auszusprechen . . .

Suko wollte den Killer!

Daß es Dragut gelungen war, dem Inspektor zu entwischen, empfand Suko als eine persönliche Niederlage. Er hatte sich für diesen Mann verantwortlich gezeigt und stets auf ihn achtgegeben. Daß er ihm trotzdem entwischt war, ärgerte Suko doppelt.

Er mußte ihn zurückhaben!

Suko hatte es Dragut nachgemacht und war ebenfalls durch die Öffnung gehechtet. Hinein in ein kleines Gewölbe aus alten Steinen und düsteren Mauern.

Im Gegensatz zu dem Killer kannte sich Suko in der Grabstätte nicht aus. Um sich orientieren zu können, war er gezwungen, seine schmale Leuchte einzuschalten.

Gleichzeitig gab er durch diese Tatsache auch seine Position preis. Bewaffnet war Dragut nicht, Suko hatte ihn schließlich gefilzt, aber er konnte sich durchaus noch bewaffnen und wenn es ›nur‹ mit einem Stein war, den er aus hinterhältiger Deckung schleuderte.

Noch hörte Suko seine Schritte. Sie hallten nicht, dafür war die Grabkammer einfach zu eng, doch ihr hartes Tappen zeigte Suko genau die Richtung an, in die der Killer lief.

Tiefer in das Labyrinth hinein und weg vom Einstieg. Suko blieb ihm auf den Fersen. Er ging so schnell, wie es das Gelände zuließ. Der Lampenschein huschte dabei über hochkant stehende Steine, die ein treppenähnliches Aussehen angenommen hatte.

Er glitt vorbei an kleinen Altären und heidnischen Betstätten. Die in den Felsen geschlagenen Löcher kamen ihm vor wie inheimliche Glotzaugen, die sich einzig und allein auf ihn konzentrierten. An manchen Stellen hatte sich Feuchtigkeit gesammelt und den Boden glatt gemacht. Suko rutschte zweimal aus, konnte sich jedoch fangen. Es passierte nichts.

Dann wurde alles anders.

Dem Inspektor kam plötzlich zu Bewußtsein, daß er einem Phantom hinterherlief. Er hörte die Schritte des Killers nicht mehr. Nur seine eigenen irritierten ihn.

Er blieb stehen.

Rechts neben ihm zeichnete sich eine Mauer ab. Sie war nicht glatt, sie besaß nischenartige Einbuchtungen, die zu zweit nebeneinander standen.

In einer fand Suko Unterschlupf.

Er hatte seine Lampe gelöscht und hielt sich in der absoluten Schwärze auf.

Die Dunkelheit war tatsächlich so tief, daß kein Lichtschimmer hindurchdringen konnte. Fast zu vergleichen mit der Schwärze des Alls. Suko kam sich vor wie ein Teil dieser Finsternis, und das gefiel ihm überhaupt nicht.

Der Eindruck, bei lebendigen Leibe begraben zu sein, folgte automatisch. Er stand in der Nische, umgeben von der tiefen Schwärze, hörte sich selbst atmen und spürte, daß sich etwas verändert hatte.

Lebte die Schwärze?

Die Welt um ihn herum war drückend geworden. Gleichzeitig erfüllt von einem ungewöhnlichen Leben. Kein normales, er hatte den Eindruck, eine Geisterwelt würde auf ihn zutreiben.

Sukos Herz klopfte schneller. Nichts in seiner unmittelbaren Umgebung rührte sich. Die Stille lastete wie ein gewaltiger Klotz auf ihm, der alles zusammendrükken würde.

Eine Zange aus Schatten, gebildet durch eine geisterhafte Welt, die sich im Unsichtbaren bewegte. Vor, hinter und neben ihm standen die alten Mauern der Grabstätte. Suko überkam der Eindruck, als würden sich die Mauern bewegen und auf ihn zukommen, um ihn mit ihrem Gewicht zu erdrücken.

Wie schleichendes Getier kroch die Furcht heran. Es gab keinen neuen, ersichtlichen Grund dafür. Dem Inspektor wurde nur klar, daß irgendwo innerhalb der Grabstätten eine Veränderung vor sich gegangen sein mußte. Altes Grauen stieg aus dem Gemäuer.

Es war überall. Es besaß lange, gleitende Arme, die Suko umfassen wollten. Er fühlte sich nicht nur unwohl, die Furcht verstärkte sich, und über seinen Rücken rannen kalte Schauer.

Noch tat er nichts. Er blieb stehen und wartete ab. Schweiß lag auf seinen Handflächen. Er hatte sich auch auf dem Gesicht verteilt, und die Kleidung klebte am Körper.

Suko hörte sich schwer atmen. Die Luft war nicht mehr wie sonst. Zwar noch immer verbraucht, aber es hatte sich etwas anderes hineingemischt. Was es war, konnte Suko nicht ermitteln. Eine andere Kraft, die aus den Mauern gekrochen war, eine Botschaft aus der Tiefe der Vergangenheit.

Der Inspektor bewegte seine rechte Hand und strich über die Stirn. Selbst diese kleine Geste bereitete ihm Mühe. Der Druck hielt einfach an, er preßte ihn zusammen.

Was war es nur?

Dann hörte er das Lachen. Es war kein normales Gelächter, auch nicht freundlich oder fröhlich. Es hörte sich bitter, grausam und triumphierend an. Dabei schallte es nicht einmal. Es glich mehr einem bösen scharfen Flüstern und war gerade deswegen schlimm genug.

Hier lauerte jemand, der sich darauf eingestellt hatte, den Kampf zu gewinnen.

»He, Chinese!«

Suko erschrak nicht einmal, als er die Stimme des Killers vernahm. Er hatte damit gerechnet.

»Melde dich!«

Suko blieb still. Er bewegte nur eine Hand und zog die Beretta. Wenn Dragut erschien und sich bewaffnet hatte, würde er ihm einen würdigen Empfang bereiten.

Selbst die letzte Bewegung fiel dem Inspektor schwer. Allmählich kam er zu dem Ergebnis, daß die nicht sichtbare Macht ihm seine Kräfte raubte. Er verlor sie, er war längst nicht mehr so fit wie noch vor einer halben Stunde.

Das spürte auch sein Gegner. Und er machte sich darüber noch lustig. Wo er in der tiefen Finsternis steckte, konnte Suko nicht herausfinden. Er hörte nur die Stimme des Mörders.

»Das Grab wartet auf dich, Chinese. Du hast dir

zuviel vorgenommen. Als einfacher Mensch kann man nicht gegen die Kräfte des alten Kontinents ankommen. Ich freue mich schon, dich als Opfer für den Blutmond zu sehen.«

»Komm her und zeig dich!«

Der Killer lachte. »Weshalb soll ich mich zeigen? Du wirst mich gleich schon sehen können. Nur bestimme ich den Zeitpunkt. Zuvor möchte ich mich mit dir noch unterhalten. Hast du nicht gespürt, daß sich in deiner Umgebung etwas verändert hat?«

»Wie soll ich das verstehen?« Suko wollte es auf keinen Fall zugeben, dies aber merkte Dragut.

»Ich kann verstehen, daß du dir keine Blöße geben willst. Du mußt aber gemerkt haben, daß es dir nicht mehr so gut geht. Es gibt keine andere Erklärung. Ich will dir auch sagen, was passiert ist, damit du nicht unaufgeklärt stirbst. Würdest du sehen können, dann könntest du auch den Blutmond erkennen, der bereits jetzt am Himmel steht und seinen Schein in dieses Grab schickt. Du kannst ihn nicht sehen, aber du spürst seine Kraft, das weiß ich. Sie läßt sich durch nichts aufhalten. Die Strahlen sickern in das Gestein und durchdringen es, so daß die Tiefe ebenfalls ausgefüllt wird. Ihr wolltest das Rätsel des Blutmondes lösen, nun wird euch der Mond vernichten . . .«

»Noch lebe ich, Dragut!«

»Ja«, lachte der Killer, »das stimmt. Noch lebst du. Aber was ist das für ein Leben? Du merkst doch, wie dir die Kraft genommen wird. Der Blutmond spielt mit dir. Er schafft es, aus dir einen anderen zu machen, und auch deine Freunde werden erwischt . . .«

Dragut sprach noch weiter, nur hörte Suko nicht mehr zu, denn er bekam die Wirkung jetzt voll mit.

Als würde Schweiß aus seinen Poren rinnen, so verließ die Kraft seinen Körper. Der Widerstandswille schwächte sich von Sekunde zu Sekunde ab. Suko überkam ein Gefühl der Apathie und der Leere. Hinzu kam das Verlassensein, die Trauer. Er sah plötzlich andere Dinge und Bilder. Schreckliche Szenen spielten sich ab.

Dragut hatte vorhin von seinen Begleitern und Freunden gesprochen. Sie bildeten den Mittelpunkt dieser Szenen. Noch war alles nebelhaft verschwommen, doch Suko konnte trotzdem erkennen, wie seine Begleiter unter den zielsicher geführten Hieben der steinernen Opfermesser zusammenbrachen. Er sah die bleichen Gestalten des Urvolks, die immer wieder zustachen und seine Freunde töteten.

Der Eindruck dieser gewaltiger Trauer verstärkte sich noch. Suko spürte den Kloß in seinem Magen. Auch er blieb nicht lange, die Trauer nahm zu. Das Verlassensein machte dem Inspektor viel zu schaffen.

Er weinte.

Die Tränen rannen aus seinen Augen. Auf beiden Wangen hinterließen sie nasse Spuren. Sie benetzten die Lippen und wollten nicht aufhören. Trotz des Schleiers sah Suko.

Das Bild verschwamm in einem Meer von Blut, aus dem ein runder Gegenstand hervorstach.

Der Mond!

Er beleuchtete das Feld des Grauens, er streichelte mit seinem Schein die Toten, die auf dem Boden lagen. Über ihnen schwebten nebelhaft bleiche Gestalten, bewaffnet mit den blutbefleckten Klingen der steinernen Opfermesser und darauf lauernd, daß sich jemand bewegte. John Sinclair, Salazar und der Abbé rührten sich nicht. Selbst das silberne Skelett lag verkrümmt zwischen ihnen.

Der Tod hatte fürchterliche Ernte gehalten.

Und Suko weinte. Die Trauer überschwemmte ihn wie eine gewaltige Woge. Er konnte an nichts anderes mehr denken. Das Gefühl der Verlassenheit hatte er noch nie so stark in seinem bisherigen Leben gespürt wie in diesen Augenblicken.

Daß er sich nicht mehr auf den Beinen halten konnte, merkte er nicht einmal.

Mit dem Rücken die Wand berührend, glitt er daran herab, sank in die Knie und blieb so hocken.

Seine Augen hatte er geschlossen, aber das verfluchte Bild blieb. Der Tod, der grausame Mond, das alles hatte den Widerstandswillen des Inspektors gebrochen.

Auch sein rechter Arm sank nach unten. Die Waffe in seiner Hand wurde ihm zu schwer.

Sie rutschte ihm aus den Fingern . . .

An seinen Stab oder an die Dämonenpeitsche dachte der Chinese längst nicht mehr. Bei ihm war alles anders gekommen, als er es sich vorgestellt hatte. Die alte Macht in dem Grab war für ihn zu stark gewesen, und für seine Freunde ebenfalls.

Suko hockte auf dem Boden wie ein Häufchen Elend. Er konnte nicht mehr, er war psychisch fertig und auch körperlich ausgelaugt. Selbst ein Kleinkind hätte ihn besiegen können.

Der Tränenstrom war gestoppt worden. Nur noch die Nässe des Augenwassers lag auf seinen Wangen.

Aber das Bild blieb. Ein roter Blutmond leuchtete über den Toten. Er bestrahlte das Feld des Schreckens und stand an einem grauen Himmel, der keine Wolke aufwies.

Ein Bild, das erstarrt war, bis auf den Moment, als mit ihm etwas geschah. Bewegung kam hinein.

Im Hintergrund, wo das rote Licht es nicht mehr

schaffte, die Schwärze zu durchdringen tauchte aus der Tiefe des Bodens etwas hervor. Zunächst noch unkenntlich, was sich jedoch änderte, als es sich in die Höhe drückte.

Es war eine Gestalt, ein Mensch!

Und er trat hinein in das rote Licht. Er hatte die Arme ausgebreitet, als wollte er den Schein umfangen und sich mit ihm versöhnen. Er gab sich dem Licht des Schreckens hin, er liebte es, denn er holte sich aus den Strahlen die Kraft.

Es sah so aus, als würde er wachsen. Er wurde größer, trat dabei aus dem Hintergrund hervor, so daß ihn der Schein des Blutmondes direkt erreichen konnte.

Das hatte er gewollt!

Noch zwei lautlose Schritte drang er vor, bis er unter der Fahne des roten Lichts stand und die Energie in sich aufnehmen konnte. Dabei hellte sich auch seine Gestalt auf.

Das Schattenhafte an ihr verschwand. Sie war deutlich zu sehen, und Suko erkannte ihn.

Der Inspektor hob den Kopf. Es war wie ein Zwang, der ihn so handeln ließ. Je stärker er sich mit dieser einfachen Bewegung auseinandersetzte, um so schwächer wurde der Schrecken der Umgebung, so daß nur mehr eines blieb.

Die Gestalt!

Sie war ein Mann, den Suko sehr gut kannte. Auch wenn das Licht sie umschmeichelte wie ein dünner Umhang, der Inspektor wußte trotzdem, mit wem er es zu tun hatte. Mit Dragut, dem Killer!

Er sah wild aus. Das dunkle Haar hing ihm in die Stirn. Sein Gesicht war zu einer bösen Grimasse verzogen, in den Augen leuchtete Triumph, und er hielt etwas in der rechten Hand, was Suko bereits kannte, weil es die Geister des Urvolks besessen hatten.

Das Opfermesser aus Stein!

Damit kam er näher. Bisher hatte Suko die fürchterlichen Szenen wie einen Film erlebt. Dieser Mann jedoch, der aus ihr herausgetreten war, bestand aus Fleisch und Blut.

Dem Inspektor war klar, aus welchem Grund er die andere Welt verlassen hatte.

Er wollte töten!

Suko sollte daran glauben, deshalb auch das verfluchte Opfermesser in dessen rechter Hand.

Er kam näher.

Umschmeichelt vom Licht des Blutmondes wirkte er wie eine gezeichnete Gestalt des Schreckens. Selbst in seinen Augen tanzten die dunkelroten Funken, und der sanfte Schleier hielt auch sein Gesicht überdeckt.

Magisches Licht aus der magischen Zone. Ein Mensch sah äußerlich noch so aus wie ein Mensch und war dennoch zu einem Monstrum geworden, das den Tod wollte.

Die Kraft der alten längst versunkenen Insel Atlantis hatte ihm Stärke gegeben.

»Ich bin da!« sagte er mit einer Stimme, die an ein dumpfes Grollen erinnerte und tief aus den alten Gräberfeldern zu stammen schien. »Ich bin gekommen, um dich hinzurichten. Im Namen des alten Atlantis wirst du dein Leben lassen, Chinese!«

Vielleicht hatte er eine Antwort erwartet, aber Suko hielt sich zurück und sagte nichts.

Der andere lachte. »Hast du nicht gesehen, was mit deinen Freunden geschehen ist, auf die du so große Hoffnungen gesetzt hast? Es gibt sie nicht mehr, sie sind tot. Sie haben es nicht geschafft, der Kraft des Blutmondes zu widerstehen. Er, der einst über einem bestimmten Teil von Atlantis geschienen hat, ist einfach zu mächtig, um sich von den Menschen Paroli bieten zu lassen. Wir gewinnen immer. Das Alte ist stärker als das Neue, weil das Alte viel Wissen in sich vereinigt, wobei die Menschen der Neuzeit darüber nur lachen.«

Suko nickte, ohne es selbst zu merken. Dragut nahm es als Aufforderung hin, noch näher zu gehen. Er legte noch zwei Schritte zurück, dann blieb er vor Suko stehen.

»Schau hoch!«

Als der Inspektor den Kopf anhob, ging es Dragut zu langsam. Er packte in Sukos Haare, bückte sich und drückte den Kopf zur Seite, ohne den Griff zu lockern.

Suko hielt die Augen geöffnet. Der Blick, mit dem er Dragut anschaute, wirkte alt, müde und leer. Er war an eine Stelle angelangt, wo ihm alles egal war.

Dragut hatte seinen Spaß. »Mich«, flüsterte er, »haben sie zum Hohenpriester des Blutmondes erwählt. Ich bin ihr Vertreter in dieser Welt. Ich habe die Kraft des Grabes in mich aufnehmen können, und ich werde sie zu nutzen wissen.« Er bewegte die rechte Hand mit dem Messer und brachte die alte Steinwaffe so dicht an Sukos Hals, daß sie dort die straff gespannte Haut berührte.

Suko rührte sich nicht.

Dragut lachte. Die Kraft des Mondes hatte ihn verändert. Es war kein roter Schleier, der ihn umgab, das Licht blieb auf seiner Haut! Es hatte sie gerötet, so daß sie ebenso aussah wie der am Himmel stehende gefährliche Blutmond.

Rot . . .

Er bewegte das Messer. Suko spürte den kurzen, ziehenden Schmerz am Hals, er spürte auch, wie Blut aus der kleinen Wunde quoll, aber Dragut zog die Klinge zurück. »Jetzt hätte ich dich töten können!« wisperte er, »das aber werde ich nachholen, wenn wir den Opferplatz erreicht haben. Los, steh auf, Chinese!«

Suko hatte den Befehl vernommen. Er wollte ihm auch folgen, nur schaffte er es kaum, aus eigener Kraft auf die Beine zu kommen. Er fühlte sich zu schwach. In seinen Knochen steckte kein Mumm mehr. Wenn er sich erhob, sackte er auch wieder zusammen.

Das freute Dragut. »Sieh mal an!« keuchte er. »So ergeht es dir also. Aber mich zu quälen, da!« Er schlug zu.

Die Handfläche des Mannes traf Suko im Nacken und berührte noch sein Ohr. Der Kopf sank nach links, selbst der Körper bekam das Übergewicht und fiel zu Boden.

Kopfschüttelnd stand der Killer vor ihm. »Schwächling!« keuchte er. »Verdammter Schwächling!« Er bückte sich, packte Suko am Kragen und hievte ihn hoch.

Als der Inspektor stand, hatte er Gleichgewichtsprobleme. Dragut mußte ihn stützen, was dem wiederum nicht paßte. Fluchend schleifte er den Mann in die Finsternis des Grabes hinein.

Er orientierte sich auch im Finstern. Zielsicher fand er seinen Weg. Suko merkte nicht, daß sie durch ein säulengestütztes und flankiertes Tor schritten, um den Ort zu erreichen, den Dragut als Opferstätte und Mittelpunkt des Grabes ansah.

Erst als Suko mühsam die Augen öffnete, erkannte er das rote Licht, das diesen Raum ausfüllte.

Es strahlte nicht aus der Höhe, sondern besaß seinen Ursprung am Boden.

Suko zwinkerte, als er hinschaute, er wollte es nicht glauben, doch es gab kein Vertun.

Auf dem Steinboden des Grabes zeichnete sich der runde Blutmond ab. Das war nicht alles.

Sternförmig um den Mond verteilt lagen fünf Menschen, die Suko nicht unbekannt waren.

Abbé Bloch hatte sie vermißt und sich schon damit abgefunden, sie nie mehr zu sehen.

Es waren seine fünf Templer!

Die letzten Minuten waren derart mit Überraschungen gespickt gewesen, daß der neue Anblick den Inspektor nicht einmal schockte. Er nahm ihn einfach hin, wobei er sich allerdings fragte, ob die leblosen Gestalten bereits tot waren.

Sie lagen auf dem Rücken. Steif und starr, ohne jegliche Regung. Mit den Köpfen berührten sie den scharf geschnittenen Rand des Blutmondes. Die Hände hatten auf ihren Körpern Platz gefunden. Sie lagen übereinander und sahen knochig und bleich aus.

Der rote Schein floß über ihre Gesichter, als wollte er den Toten so etwas wie Leben einhauchen.

»Na?« fragte Dragut, »siehst du sie?«

»Ja . . .«

»Das ist gut, dann wirst du auch wissen, wer nach dir an die Reihe kommt. Wir haben sie uns geholt, weil wir sie dem Blutmond opfern werden, so wie es in alter Zeit vorgeschrieben wurde.«

»Dann sind sie nicht tot?«

»Nein, noch nicht. Sie liegen nur in einem tiefen magischen Schlaf, aus dem ich sie erwachen lassen kann. Aber ich werde es nicht tun. Ich will dir zeigen, welche Aufgabe ich ihnen zugedacht habe.«

Suko hob die Schultern. Noch immer befand er sich in einem Zustand, wo ihm vieles egal war.

»Du hast das Glück, es erleben zu dürfen, denn du bist er erste, dem sie das Leben nehmen. Tritt in den Kreis und stell dich in dessen Mittelpunkt auf!«

Suko ging sehr langsam vor. Er suchte eine Lücke zwischen zwei den Bewegungslosen, fand sie auch und stolperte in den runden Blutmond der Templer hinein.

In der Mitte blieb er stehen.

Dragut hielt sich noch am Rand auf. Er rieb seine Hände und lachte leise. »Das ist genau die Haltung, die du einnehmen mußt. Früher, als es Atlantis noch gab und der Blutmond leuchtete, haben auch schon Opfer in ihm gestanden. Nur wenige kennen das Geheimnis, du gehörst jetzt dazu, aber dir wird es nicht anders ergehen als den Templern, die es geschafft haben, die Grabstätte zu finden und ihr das Geheimnis zu entlokken.« Er lachte wieder. »So wie sie damals gestorben sind, wirst du ebenfalls sterben.«

Er setzte sein Vorhaben in die Tat um, bückte sich und spreizte die linke Hand.

Sehr dicht fuhr er damit über das Gesicht des ersten Templers hinweg. Suko, der im Blutmond stand, spürte, daß mit dem Leblosen etwas geschah. So etwas wie ein Energiestrom durchzuckte die Gestalt, die nicht mehr ruhig liegenblieb.

Sie öffnete die Augen, und auch die beiden aufeinanderliegenden Hände bewegten sich zitternd.

Das nahm Dragut schon nicht mehr war, denn er trat bereits an den nächsten heran.

Wieder die gleiche Bewegung, die gleiche Reaktion. Erst jetzt bekam Suko mit, daß er beim Spreizen der Finger Worte flüsterte, die der Chinese nicht verstand. Höchstwahrscheinlich entstammten sie einem Dialekt, der in einem Gebiet des alten Kontinents Atlantis gesprochen worden war.

Die Sprache der Alten, der Wissenden, der Magie und möglicherweise auch der Toten. Er sah den Test fünfmal, so daß er alle Templer auf gewisse Art und Weise zum Leben erweckte oder sie die Starre überwinden ließ.

Dann hatte er es geschafft. Auch jetzt blieb er außerhalb des Kreises stehen, allerdings in einer lauernden Haltung, als würde er auf ein bestimmtes Ereignis warten.

Was auch eintraf, denn die Templer, die erst starr gelegen, sich dann bewegt hatten, glitten nun in die Höhe, als wären sie von unsichtbaren Bändern gezogen worden.

Dragut brauchte nichts mehr zu tun. Er stand nur da, hatte die Hände ausgestreckt und wartete darauf, daß die alte Kraft aus dem versunkenen Kontinent endlich ihre gewaltige Macht ausspielte, die sie über die Menschen bekommen hatte.

Die fünf Templer schwebten höher und höher. Wenn Suko nachrechnete und auch genau hinschaute, so hatten sie bereits die Höhe seiner Oberschenkel erreicht, wo sie nicht stoppten, sondern weiter nach oben glitten.

Bis zu einem bestimmten Punkt. Als würde ein Dirigent sie aus dem Unsichtbaren leiten, so standen sie plötzlich still. Verlängerte man die Linie von ihren Köpfen aus, so traf diese genau auf Sukos Hals!

Noch rührten sich die fünf Gestalten nicht. Die Ruhe vor dem Sturm, vor dem großen Finale hielt sie umfangen. Das Schreckliche lag in der Luft, es würde auch eintreten, aber noch ließen sich die Geistwesen des Urvolks Zeit.

Als die Gestalten sich wieder bewegten, geschah dies fließend. Kein Zucken und Rucken hatte es zuvor angezeigt. Sie glitten in den Kreis des Blutmondes hinein, und ihre Gestalten wurden vom Schimmer des roten Lichts überschwemmt.

Suko hatte sich soweit wieder fangen können, daß es ihm jetzt möglich war, auch ohne fremde Hilfe sicher auf den Beinen zu stehen. Doch die Kraft des Mondes erfüllte ihn nach wie vor und stoppte seine Reaktionen. Nur sein Gehirn arbeitete nach wie vor. Ein Vergleich kam ihn in den Sinn, als er die Gestalten in den roten Kreis eintauchen sah.

Als würde man sie in einen glühenden Ofen schieben, dessen Hitze sie erfaßte und verbrannte.

Doch diese hier wurden nicht zu Asche. Sie blieben, was sie waren. Menschen, die lebten und bald den Gesetzen einer grausamen Zeit folgen würden.

Sie näherten sich dem Inspektor von allen Seiten gleichzeitig. Und sie behielten auch die Höhe bei. Nicht um einen Zentimeter senkten sich ihre Köpfe.

Suko bewegte sich nicht. Sein Blick war starr geworden. Er schielte dabei in die Tiefe, konnte in zwei Gesichter direkt hineinschauen, sah die anderen drei jedoch nicht, weil sie sich außerhalb seines Blickfeldes befanden. Noch geschah nichts, was ihm hätte gefährlich werden können, auch dann nicht, als die schwebenden Gestalten dicht vor ihm zur Ruhe kamen.

Vielleicht eine halbe Armlänge von ihm entfernt standen sie still. Ihre Hände langen noch immer auf den Körpern, ohne daß sich dort auch nur ein Finger bewegt hätte.

Die Stille war schlimm.

Selbst Suko wagte es kaum, Luft zu holen.

Einer umrundete den Blutmond. Es war Dragut, den nichts mehr auf seinem Platz hielt.

Während er ging, hatte er die Arme angehoben. Aus

seinem Mund drangen flüsternde Beschwörungsformeln, die Suko ebenfalls nicht verstehen konnte. Sie wehten durch die Opferstätte und erreichten die kahlen Steinwände, von wo sie als zischelnde Echos zurückflossen.

Grundlos redete er nicht in das rote Licht hinein. Er wollte die herbeilocken, die hier das Sagen hatten.

Und sie kamen auch.

Aus dem Nichts erschienen sie, wie ein plötzlicher Nebel, der sich in mehrere Teile aufgabelte.

Die Geister des Urvolks.

Bleiche Gestalten, wie Suko sie schon einmal aus dem Meer hatte kommen sehen. Durchscheinend und trotzdem existent. Sie hatten die geheimnisvollen Verstecke verlassen, wo sie gelauert hatten, und sie schälten sich immer deutlicher hervor.

Es waren besonders ihre Hände, die Eindruck auf Suko machten. Das Opfermesser aus Stein kannte er bereits. Nur erlebte er es jetzt in fünffacher Ausführung, denn gleich fünf Geister, ebenso viele wie die Templer, waren erschienen.

Fünf Geister, fünf Messer!

Geräuschlos schwebten sie näher, erreichten den Rand des Kreises und tauchten hinein.

Plötzlich verloren sie etwas von ihrem geisterhaften Flair, denn das rote Licht übergoß auch sie. Es war wie ein Schwamm, der sie aufsaugte und sie zeichnete.

Selbst die Opfermesser nahmen die Farbe des Blutes an, als sie gesenkt wurden und dort Platz fanden, wo die Templer ihre Hände hingelegt hatten. Es kam Suko so vor, als hätten sie einen nur für sie hörbaren Befehl bekommen, denn jetzt bewegten sie sich plötzlich. Nicht mit dem gesamten Körper, es waren nur mehr ihre Hände, die noch auf der Brust lagen.

Die Waffen schwebten ihren Händen entgegen. Finger schlossen sich um die Griffe.

Wenn Suko bis jetzt nicht gewußt hatte, was ihm bevorstand, so war jetzt alles klar.

Nicht die Geister des Urvolks sollten ihn töten, sondern die fünf Templer, die von der atlantischen Magie erfüllt waren und ihr nun gehorchten.

Sie hielten die Messer bereit. Noch wiesen die Klingen nach oben, als sollten sie irgendwo gegen die rötlich schimmernde Steindecke gestoßen werden. Das jedoch änderte sich in den nächsten Sekunden, als sie die Hände drehten und ihre Körper gleichzeitig die Bewegung mitmachten.

Die Spitzen der Steinklingen wiesen nun in eine andere Richtung.

Genau auf Sukos Hals!

Es gab keinen Ausweg für ihn. Vor ihm zielten zwei Messer auf ihn und drei hinter ihm.

Wenn die unter dem Einfluß stehenden Templer den Befehl bekamen, würden sie von fünf Seiten gleichzeitig zustechen.

Für Suko bedeutete dies das Ende.

Aber Dragut, der Mann mit der roten Haut, war in seinem Element. Die große Stunde mußte er ausnutzen. Er konnte mit den Geistern der Vergangenheit spielen, sie gehorchten ihm, und er gab ihnen einen indirekten Befehl, indem er Suko ansprach.

»In drei Sekunden bist du tot!«

Das rote Licht war unser Wegweiser durch das Labyrinth der unterirdischen Grabkammern und Gänge.

Hatte es uns zuerst in seinen negativen Bann geschlagen, so kam es uns nun zugute.

Zuvor waren wir durch die Finsternis geirrt, wie Suchende nach dem Licht des Lebens. Im Schein meiner Lampe hatten wir uns zwar orientieren können, aber ein Ziel hatten wir nicht entdeckt.

Bis eben auf das Licht.

Ich war stehengeblieben und schaute um eine Säule herum. Wo es genau zu sehen war, konnte ich nur schätzen. Es floß an Mauern vorbei und durchdrang kleine Öffnungen, aber es kam noch etwas hinzu. Wenn mich nicht alles täuschte, hörte ich eine mir bekannte Stimme.

Die des Killers Dragut!

Er redete nur flüsternd, doch die Lautstärke reichte aus, um von uns verstanden zu werden.

Auch der Abbé hatte sie vernommen. »John, ich sehe ihn nicht, aber ich kann ihn hören.«

»Ja, ich weiß.«

»Siehst du ihn denn?«

»Nein, nur den roten Lichtschein. Der Blutmond hat es geschafft und das Gestein tatsächlich durchdrungen. Es gab nichts, was ihn aufhalten konnte. Er füllt die Grabanlage an einer bestimmten Stelle aus. Vielleicht ist es sogar etwas Ähnliches wie ein Opferplatz.«

Der Abbé drängte. »Wir sollten uns beeilen, John, denn ich merke gewisse negative Strömungen, die den Würfel erreichen.«

»Gefahr?« fragte ich.

»Nicht direkt, es ist gefährlich.«

»Okay, Abbé, wir beeilen uns.«

Ich hatte die Spitze übernommen, hinter mir schlich Bloch, der von dem silbernenen Skelett geführt wurde.

Wir waren gezwungen, zahlreichen Hindernissen auszuweichen, umrundeten Säulen und glitten durch schmale Öffnungen.

Wenn die unter dem Einfluß stehenden Templer den Befehl bekamen, würden sie von fünf Seiten gleichzeitig zustechen.

Für Suko bedeutete dies das Ende.

Aber Dragut, der Mann mit der roten Haut, war in seinem Element. Die große Stunde mußte er ausnutzen. Er konnte mit den Geistern der Vergangenheit spielen, sie gehorchten ihm, und er gab ihnen einen indirekten Befehl, indem er Suko ansprach.

»In drei Sekunden bist du tot!«

Das rote Licht war unser Wegweiser durch das Labyrinth der unterirdischen Grabkammern und Gänge.

Hatte es uns zuerst in seinen negativen Bann geschlagen, so kam es uns nun zugute.

Zuvor waren wir durch die Finsternis geirrt, wie Suchende nach dem Licht des Lebens. Im Schein meiner Lampe hatten wir uns zwar orientieren können, aber ein Ziel hatten wir nicht entdeckt.

Bis eben auf das Licht.

Ich war stehengeblieben und schaute um eine Säule herum. Wo es genau zu sehen war, konnte ich nur schätzen. Es floß an Mauern vorbei und durchdrang kleine Öffnungen, aber es kam noch etwas hinzu. Wenn mich nicht alles täuschte, hörte ich eine mir bekannte Stimme.

Die des Killers Dragut!

Er redete nur flüsternd, doch die Lautstärke reichte aus, um von uns verstanden zu werden.

Auch der Abbé hatte sie vernommen. »John, ich sehe ihn nicht, aber ich kann ihn hören.«

»Ja, ich weiß.«

»Siehst du ihn denn?«

»Nein, nur den roten Lichtschein. Der Blutmond hat es geschafft und das Gestein tatsächlich durchdrungen. Es gab nichts, was ihn aufhalten konnte. Er füllt die Grabanlage an einer bestimmten Stelle aus. Vielleicht ist es sogar etwas Ähnliches wie ein Opferplatz.«

Der Abbé drängte.»Wir sollten uns beeilen, John, denn ich merke gewisse negative Strömungen, die den Würfel erreichen.«

Das Licht nahm an Intensität zu. Ein Beweis dafür, daß wir uns dem Zentrum tatsächlich näherten.

Noch wenige Schritte, keine Hindernisse mehr, die Tiefe der Grabstätte weitete sich, so daß wir von einer hervorragenden Sicht sprechen konnten.

Ich hatte mit vielem gerechnet. Was mir nun präsentiert wurde, war kaum zu glauben.

Da war einmal der vom Blutmond gezeichnete Kreis. Seit Urzeiten kam dem Kreis magische Bedeutung zu, das war auch hier der Fall. Er malte sich überdeutlich auf dem Untergrund ab, so daß ich auch die fünf Gestalten sehen konnte, die in den Kreis hineingeschwebt waren, Opfermesser in den Händen hielten und damit auf Sukos Hals zielten.

Außerhalb des Kreises stand der Killer. Seine Haut schimmerte im dunklen Rot des Blutmondes, als hätte er es nun geschafft, sein Zeichen hineinzubrennen.

Ich hatte gesehen, der Abbé gespürt und gefühlt. Seine leise gesprochenen Worte erreichten meine Ohren. »John, was ist dort geschehen? Ich kann den Würfel nicht mehr halten. Er ist heiß, er ist . . .«

»Deine Männer sind da und auch Suko.«

»Wo?«

»Im Kreis. Ich werde . . .«

Da sprach Dragut die bestimmten Worte. Er gab den indirekten Befehl, um Suko zu töten.

»In drei Sekunden bist du tot!«

Genau die Zeitspanne blieb uns, um etwas zu unternehmen. Ich wollte auch hinein in den Kreis springen und die Magie mit Gewalt brechen, doch ein anderer war schneller.

Nicht das Skelett, nicht der Abbé, sondern der Würfel, der dem Templer zu heiß geworden war.

Er machte sich plötzlich selbständig und flog wie ein eckiger, roter Kometenstreifen auf das Zentrum der alten Magie zu.

Zwei verschiedene Magien prallten aufeinander. Zwei uralte Kräfte, beide mit dem versunkenen Kontinent Atlantis verbunden, und nur eine davon würde gewinnen können. Was nun geschah, kam mir vor wie zeitverzögert, denn so bewußt erlebte ich es.

Der Würfel beschrieb einen Halbbogen, überflog den Rand des roten Kreises und erreichte dessen Mitte, wo Suko bewegungslos stand und auf sein Ende wartete.

Im gleichen Augenblick entlud sich seine Magie!

Es gab keinen Feuerwirbel, trotzdem hatte ich das Gefühl, inmitten von Flammen zu stehen. Rotes, unheimliches Licht umsprühte uns. Blitze zuckten in verschiedene Richtungen. Ich sah die Geister der Urvölker in die Höhe steigen und gegen die Decke prallen, wo sie regelrecht zerrissen und zerfetzt wurden wie Tücher.

Die mit den Opfermessern bewaffneten Templer, prallten zu Boden, als hätte man ihnen Stöße gegeben.

Inmitten dieser beiden, aufeinander prallenden Magie stand Suko. Daß es ihm gelungen war, den Würfel aufzufangen, hatte ich nicht bemerkt. Das sah ich erst jetzt.

Er stand da, hielt ihn mit beiden Händen, und sein Gesicht wurde von einem roten Schein überdeckt.

Aus dem Würfel aber stieg die Kraft des alten, des echten Atantis. Sie umhüllte uns wie eine Glocke und machte unsichtbares sichtbar. Wir sahen uns auf einmal umringt von den Geistern der Templer, die hier ihr Leben hatten lassen müssen.

Sie hockten auf ihren Pferden, sie waren bewaffnet, sie glichen gezeichneten Gestalten, auf deren Gesichtern sich ungeheures Leid abzeichnete.

Plötzlich schob sich das siberne Skelett an mir vorbei. Es betrat den Kreis und hielt in seiner rechten Knochenhand das Siegel der Templer in die Höhe.

Es reagierte.

Sein Strahlen traf die Geistergestalten der Templer. Vor unseren Augen lösten sie sich auf.

Sie warfen sich noch auf uns zu, als wollten sie uns umfangen. Ich konnte ihre Gesichter erkennen und las darin den Ausdruck des Glücks, denn die Kraft des strahlenden Siegels hatte ihnen den ewigen Frieden zurückgegeben.

Sie konnten eingehen in die Welt der Toten und brauchten nicht mehr in einem Zwischenreich umherzuirren.

Vernichtet wurden die Geister des Urvolks. Als einzige waren sie noch zurückgeblieben.

Plötzlich tanzten sie wieder in dem Kreis, gegen die dic Macht des Würfels aber nicht ankam. Suko stand wie ein Fels. Und der Kreis verschwand.

Zunächst wurde seine Farbe blasser. Auf mich machte es den Eindruck, als würde sie in den Boden sickern. Längst war er nicht mehr so klar und scharf gezeichnet. Die Ränder faserten aus, als hätte jemand sie mit den Fingerspitzen angezupft.

Blässe kam auf.

Geister des Urvolks drangen in die Blässe ein. Schemenhafte Gesichter tanzten einen wilden Reigen. Feinstoffliche Wesen starben lautlos vor unseren Augen. Die Magie dieser alten Grabstätte, die Jahrtausende gehalten hatte, war durch eine andere, ebenso alte zum Sterben verurteilt. Der Würfel überstrahlte den Schein des Blutmondes. Noch einmal bäumten sich die Gestalten auf. Ihre langen, nebelhaft wirkenden Arme versuchten, die Opfermesser in den Händen der Templer zu ertasten, das gelang ihnen nicht. Die Kraft dazu reichte nicht mehr aus.

Sie vergingen.

Was noch an Resten von ihnen übriggeblieben war, wurde vom Boden einfach aufgesaugt und verschwand mit dem roten Licht des Blutmonds dessen Magie wir gebrochen hatten.

Die alten Templer hatten längst ihre ewige Ruhe gefunden. Ich hörte die Stimme des Abbés hinter mir. »John, ich kann nichts sehen, aber ich fühle es. Wir gewinnen!« keuchte er und hatte seine Hände zum Gebet gefaltet. »Ja, wir gewinnen.«

»Du hast recht, Abbé.«

Er lachte plötzlich auf, krallte sich an mir fest und zog mich herum. Ein Zufall, aber ein guter, denn so konnte ich die Bewegung im Hintergrund erkennen.

Dort wollte jemand flüchten.

Dragut, der Killer!

Er hatte den Kampf der magischen Welten tatsächich überstanden und einsehen müssen, daß seine Zeit vorbei war. Für ihn gab es nur die eine Chance.

Nur sollte er die Rechnung ohne den Wirt gemacht haben. Und dieser Wirt war ich.

Ich streifte die Hand des Abbés ab und huschte hinter dem Killer her. Das rote Licht war versickert, nichts beleuchtete mehr meinen Fluchtweg, und der Mörder kannte sich hier unten verdammt gut aus. Im Dunkeln würde er mir immer entwischen.

Ich schaltete die Lampe an. Suchend ließ ich den Strahl in verschiedene Richtungen wandern, bis er plötzlich das Ziel traf. Es war der Rücken des fliehenden Mannes.

»Bleib stehen!« brüllte ich.

Natürlich hörte er nicht. Er lief weiter – nein, es war kein Laufen mehr. Was er tat, das sah so aus, als bereitete es ihm ungeheure Mühe, überhaupt einen Fuß vor den anderen zu setzen.

Mit diesen Schwierigkeiten hatte ich nicht zu kämpfen. Innerhalb weniger Sekunden holte ich auf und sah schon bald, noch bevor ich ihn erreicht hatte, die Spuren auf dem Boden.

Schleim, rötlicher Schleim . . .

Ich schluckte, schaute auf den Rücken des Mannes, der nicht mehr floh. Er war in einer Haltung erstarrt, die ich zunächst nicht begreifen konnte.

Das rechte Bein hatte er erhoben. Mit dem linken klebte er am Untergrund fest, doch vom erhobenen rechten Fuß her bis zum Boden hing eine dicke, zähe Schleimspur, die noch mehr zunahm, denn Dragut traf ein fürchterliches Schicksal.

Er löste sich auf wie ein Ghoul!

Der Untergrund zog ihn an. In ihm steckte noch die Restmagie des gefährlichen Blutmondes. Alles andere war zerstört worden, und sie selbst sorgte dafür, daß auch der Rest vernichtet wurde.

So verging Dragut, der die Geister des Schreckens gerufen hatte. Von Sekunde zu Sekunde nahm er an Größe ab. Was sich von seinem Körper löste, blieb als dicker, fließender Schleim auf dem Untergrund des Grablabyrinths zurück.

Keine Chance für eine Rettung. Auch nicht durch mich. Selten war ein Killer schlimmer bestraft worden als er.

Ich ging zu ihm.

Seine Beine hatten sich bereits aufgelöst. Ich leuchtete in das Gesicht, vielleicht wollte er mir noch etwas sagen. Er entdeckte mich auch, hob die rechte Hand, in der er das Opfermesser hielt, und hätte mir die Klinge am liebsten in den Leib gestoßen.

Dazu kam er nicht mehr, denn seine Hand war nur mehr ein Klumpen aus rotem Schleim.

»Zur Hölle mit dir . . . !« keuchte er. »Fahr zur Hölle, du . . .« Das nächste Wort konnte er nicht mehr aussprechen, da sich auch sein Mund in der Masse verschob, die einmal sein Kopf gewesen war.

Ich wollte nicht mehr zuschauen, drehte ab und ging zu den anderen zurück, wo Suko wie der große Sieger dastand und jeden von uns heftig umarmte.

Selbst das Skelett ließ er nicht aus . . .

Zwei Stunden später hatten wir es geschafft und waren wieder ans Tageslicht geklettert. Oft genug hatten wir uns über die glühende Hitze beschwert. Jetzt schimpfte keiner mehr darüber, denn es tat gut, von den Strahlen der allmählich untergehenden Sonne noch einmal durchgewärmt zu werden.

Wir hatten Salazar ebenfalls geholt. Für ihn würde es die letzte Reise werden, wenn sich die Dunkelheit über das Land senkte.

In seiner Festung wollten wir ihn begraben und irgendwann in der Nacht in Richtung Küste fahren.

Wir redeten nicht viel, jeder hing seinen Gedanken nach, aber in uns steckte ein gewisser Stolz.

Wir wußten nun, wer damals die Insel zuerst besiedelt hatte. Es waren versprengte Atlanter gewesen.

Ob man uns glauben würde, stand in den Sternen. Es war auch nicht zu wichtig. Eigentlich zählte nur, daß es gelungen war, die alte Grabstätte von einem steinzeitlichen Fluch zu befreien. Das gab uns trotz allem ein gutes Gefühl.

Wenig später rollten wir hinein in die Dunkelheit, ohne uns vor ihr noch fürchten zu müssen . . .

ENDE

Band 73 093

Jason Dark

Dekan Diavolo

Originalausgabe

Er kam aus dem Nichts und schlug voll zu. Im Feuer der Hölle gestählt, schwang er sich auf zum Chef der Horror-Uni. Er lehrte die geheimen Wissenschaften. New Age, Teufelsbeschwörung, Hexenmagie, das alles stand auf seinem Stundenplan.
Wer beim Dekan Diavolo die Prüfung ablegte, war für sein Leben gezeichnet.
Eines Tages bekam die Horror-Uni einen besonderen Schüler.
Mich – John Sinclair!